小説 ふたりはプリキュア マックスハート　新装版

著：井上亜樹子

講談社キャラクター文庫 027

プロローグ

「小さなフウちゃんは、お花に水をあげるのが大好きです。お庭にはフウちゃんの鉢植えがあって、フウちゃんは幼稚園へ行く前に、毎朝ぞうさんのジョウロで水をあげます。

鉢植えには、黄色と赤のお花がたくさん咲いています。風が吹くとちっちゃな花びらがふわふわ揺れる、かわいいお花です。そしてその花びらの中には、1輪にひとりずつ、妖精さんが住んでいました。黄色のお花には黄色い髪の妖精さんが、赤いお花には赤い髪の妖精さんが、優しい花びらのお布団で寝起きしています。

赤い髪の妖精さんたちと黄色い髪の妖精さんたちは、とても仲良く暮らしていました。おいかけっこをしたり、お手紙を交換したり、月の雫で編み物をしたり……。そして妖精さんたちは、体を動かすのも大好き。そのなかでも最近特にはやっているのは、騎馬戦ごっこです」

九条《くじょう》ひかりはベッドに腰掛けたまま、絵本のページをめくった。ポルンはひかりの腕の中で、熱心に絵本をのぞき込んでいる。

ひかりの部屋はベッドにテーブル、机と椅子、それにタンスが置かれているだけで、がらんとしている。物が少ないので片づいて見えるけれど、テーブルの上だけは、ポルンの引っ張り出してきたぬいぐるみや積み木が散らばっていた。

月が空に浮かぶ時刻、あたりは静まり返っている。ひかりが絵本のページをめくるためにひと呼吸おくと、時計のカチコチいう音と、藤田《ふじた》アカネのお風呂の音がかすかに聞こえてくる。

「お花には、妖精さんが住んでるポポ？」

ポルンはまあるい頭を回して、ひかりを見上げた。同時に大きな垂れ耳がぴょこんと動く。その耳には、ハートの形に似たエメラルドグリーンの模様がある。ひかりを見つめる目は、頭と同じくまんまるで、きらきら輝いている。

パジャマ姿のひかりは、ぱっちりした目を少しだけ細め、柔らかな表情で言った。

「どうかしら。私はまだ、見たことがないけど……。でも気がつかないだけで、意外なほど身近なところにいるかもしれないね」

ひかりは落ちてくる長くあかるい黄色の髪を耳にかけた。いつもは丁寧に結んである髪も、いまはお風呂上がりで下ろしてある。

ポルンはひかりの言葉を聞くと、ますます目を輝かせてひかりの腕からすり抜けた。小さな足でうまく床に着地し、ポポポポポ！　と言いながらベランダに通じる窓に走る。

「ポルン、どうしたの？」

「開かないポポ……」

ポルンは窓を開けようとするものの、鍵がかかっていて開かない。ひかりはポルンの突然の行動にとまどいながら、窓の鍵を開けた。

やっとベランダに出ると、ポルンは鉢植えのチューリップをじっと見つめた。

アカネがタコカフェ用にと植えたもので、ひかりが水をやって育てている。少し前に、黄色と赤の花が1輪ずつ咲いた。

ポルンはやがて、がっかりしたようにそこから目を離した。

「妖精さんいないポポ」

「ふふ……。今はお出かけ中なのかもしれないね」

「ポポ……」

「さあ、まだ夜は冷えるから、中に戻りましょう? 絵本の続きを読んであげるから」

ひかりはまだ名残惜しそうにしているポルンを、そっと抱き上げる。

ベッドに戻って、絵本をふたたび開いた。絵本には水彩画で黄色と赤の妖精が描かれている。

「黄色い髪の組と赤い髪の組にわかれ、妖精さんは毎日騎馬戦をして遊んでいました。ちからのほどはどちらも同じくらいで、いい勝負です。けれど最近、赤い髪の組はしばらく負けが続いていました。赤い髪の妖精さんたちはどうすれば勝つことができるか考えます。

『そうだ! 赤い髪の仲間を増やせばいいんだ!』

妖精さんは輪になって踊ると、仲間を増やせるのでした。

ぐるぐる、ぽんっ! ぐるぐる、ぽんっ!

赤い髪の妖精さんは、どんどん仲間を増やします。これを見た黄色い髪の妖精さんは大慌て。

『こっちも負けていられない。輪になって踊るんだ！』

……ポルン、眠い？　続きはまた明日にする？」

ポルンはひかりの腕の中で、こくりこくりと舟を漕いでいる。

「眠くないポポ！　まだ遊ぶポポ……」

ポルンは目をこすりながら強がってみせる。ひかりはまた絵本のページをめくった。

「そしていよいよ騎馬戦大会の日がやってきました。どちらの組も、お互いに仲間をたくさん増やして準備は万全です。よーいどん！　の合図で、黄色い髪の妖精さんと赤い髪の妖精さんはぶつかりました。けれどたくさんの妖精さんが一度に大暴れしたのですから大変です。ばりばりばりばりっと音を立てて、地面が真っ二つに割れてしまいました。

次の日、鉢植えを見たフウちゃんはわっと泣き出しました。鉢植えは砕けて、黄色と赤のお花は黒い土に埋もれていたのです」

ひかりがそこまで読み終えた時、ポルンは安らかな寝息をたてて眠っていた。まぶたは完全に閉じられている。

ひかりは微笑んで、ポルンの頭を撫でた。するとポルンはタッチコミューンに戻った。コミューンは丸っこい形で、手のひらにのるくらいの大きさ、コンパクトみたいに開け閉めできる、ふたがついている。ふたを開けるとそこにはポルンの顔があって、ポルンはこの形のまま、ものを見たり、おしゃべりしたりすることができる。

本来、光の園の住人であるポルンは、ここ虹の園では基本的にコミューンの形をとっている。こちらの世界で長い時間、元の姿でいることは、とても疲れることなのだ。

ひかりはコミューンになったポルンをベッドに置くと、窓の鍵を閉めていなかったことに気づき立ち上がった。

ついでに少し外の空気を入れようと、窓を開ける。

灰色がかった空には、いくつもの夜雲が浮かんでいる。雲間からたまに、ぼやけた月が顔を出す。

ひかりはこうしてひとり、空を見上げていると、不思議な気分になることがあった。

自分というものの境界線が曖昧《あいまい》になるような。木々や空と自分が、ひとつのものであるかのような。

足元がふわふわする感覚に襲われて、ひかりはまぶたを閉じ、冷ややかな夜の空気を吸い込んだ。

目次

第1章　部活に恋に友情に!?　毎日はおおいそがし!

ベローネ学院女子中等部。

晴れた空の下、グラウンドでは様々な運動部が活動している。その中にはラクロス部の姿もあった。

クロスという、先端に網のついたスティックの間を、オレンジ色のボールが行き交う。

ペアになってのパス練習をしばらく続けたところで、美墨《みすみ》なぎさは声を上げた。

「みんな、集合ー！」

「はい！」

部員たちはそれぞれ返事をして、キャプテンであるなぎさの周りに集まる。

全員が集合すると、なぎさは部員の目を順々に見ながら言った。

「練習お疲れさま。来週はいよいよ試合だね。親善試合といっても、相手はあの御高倶女《おたかく》子！　リーグ戦と同じくらい気合入れていくよ！」

部員たちはいっせいに、はい！　と、よく通る声で返事をした。

なぎさがうなずくと、なぎさのクラスメートである高清水莉奈《たかしみずりな》が感心したように言う。

「なぎさ、結構キャプテンらしくなってきたじゃん！」

「えっ、そお？」

今度は同じくクラスメートの久保田志穂《くぼたしほ》が莉奈に同意する。

「うんうん！　ぶっちゃけ、なぎさってたまにおっちょこちょいで大ざっぱであわてんぼなとこあるじゃん？　だから最初は大丈夫かなぁって思ってたけど、ちょっとずつ板についてきた感じ！」

なぎさはふたりからそう言われ、照れくさそうに顔をゆるめる。

「なんか照れるなあ～。……っていうか、今のってほめてる？」

「ほめてるほめてるほめてる！　よっ、なぎさキャプテン！」

莉奈も志穂と同じ調子で、

「よっ、なぎさキャプテン！　カッコいーっ！」

と冗談半分に言ってのける。

最初は照れくさそうにしていたなぎさも、そのうちにすっかりおだてられて、力強く自分の胸をたたいた。

「よおし、みんな困ったことがあったらなんでも言って！　このなぎさキャプテンがなんとかするから！」

するとすると後輩の1年生が、遠慮気味に手を上げた。

「あのお……」

「おっ、ありさ。どうしたの？」

「私、高いパスを出すのが苦手で……。教えてもらえますか？」

「もっちろん！　私でよければお安いご用！」

ふたつ返事で引き受けると、みんなが見つめるなかでなぎさはクロスを構えた。

「いい？　高いパスは、ここをグッとやって、ヒョイッとして、フンッ……てするの！」

なぎさは擬音に合わせて実際のモーションを見せ、後輩のありさにパスを出した。確かにパスは見事な高い放物線を描いて、ありさのクロスに収まる。しかしありさの顔は困惑気味で、頭にはハテナマークが浮かんでいる。

「ええっと……こうですか？」

ありさはなぎさにパスを投げるが、ボールの飛び方はなぎさのそれと比べ、ずいぶん頼りない。

「もうちょっと、ガッとやって、ファ～ッとして、えいや！　って感じかも！」

「ええ？　なんかさっきと違うような……」

ふたたびなぎさからパスが送られてくる。そのフォームもボールの軌道も先ほどと同じなのに、言ってる言葉は全然違う。ありさはますます困惑をあらわにした。

が、なぎさはいたって真剣で、熱心に身振り手振りをしてみせる。

「もっとグァ～ッてやって、とうっ！　だよ！」

けれどなぎさの熱心さはどうやら空回りしてるみたいだ。ありさはおろおろと立ち往生している。

そんな様子を前にして、莉奈と志穂は顔を見合わせた。莉奈はやれやれという調子で言う。

「我らがキャプテンには、私たちの支えが必要みたいね」

「しょーがない。助け舟をいっちょ出してやりますか！」

莉奈と志穂はありさのほうに駆け寄る。隣に立った志穂がありさのフォームを直し、その横で莉奈がわかりやすく説明をする。

「まずはしっかりクロスを握って脇しめて……」

やがてひとしきり説明を終えると、莉奈はありさにボールを渡した。

「じゃあ、試しに投げてみて」

言われた通り、ありさはボールを投げる。そのボールはさっきよりもずっとしっかりした高い軌道で飛んでいく。

「そう！　その感覚を忘れないでね」

「うまいうまいうまいー！」

ありさは自分の投げたボールを見ると、嬉しそうに笑った。

「ありがとうございます！　高清水先輩！　久保田先輩！」

一方なぎさは、ありさのボールをクロスで受け取った。

なぎさは他の部員のほうを振り返り、きりっとした目で言う。

「みんな、困ったことがあったらなんでも言って！　みんなで、なんとかするから！」

春のグラウンドに、わっと笑いが湧いた。

同じ頃、理科室では科学部が活動していた。

理科室に特有の大きな四角いテーブルの上には、豆電球にリード線、金属の板という科学部らしいアイテムに加え、なぜかレモンが置かれている。

科学部員たちは今、椅子に座って黒板のほうを向いている。その視線の先には、部長である雪城《ゆきしろ》ほのかがいた。

「今日は、レモンで電池を作る実験を行いました。結果はこの通り」

ほのかはレモンに金属の板を2枚差し、そこから伸ばしたリード線を豆電球に接続した。すると豆電球に明かりがともる。

「レモンに含まれる酸によって電子の移動が起こり、電気が発生します。みんな実験は成功だったようだけど……感想や質問はありますか？」

白衣のほのかが全員に向かって尋ねると、ほのかと同じ3年生のユリコが答える。

「レモンだけじゃなくて、他のいろんな食べ物でやっても面白いかもね！」

「そうね。食べ物の種類によって、電気の発生の仕方も違ってくると思う。でも、家のものを使って実験する時は、怒られないようにちゃんと許可をもらってからにしないとね」

「あはは、確かに」

ほのかは、まだ入部してからそれほど時間の経っていない1年生たちに視線を送る。

「1年生は、何か質問とかある？」

3人の1年生はやや恥ずかしそうにして、

「いえ……」

と小さく呟いた。

「そう……？　でもこれをきっかけに、電気についてもっと興味をもってくれると嬉しいわ」

ほのかはにこやかにそう言って、続けた。

「それでは、今日の実験はこれでおしまいにします。あっ、来週は夜、天体観測に行くので参加できる人はご家族にきちんと伝えておいてくださいね」

ほのかがそう告げると、みんな思い思いの感想を口にする。

「天体観測、楽しみーっ！」

「私、お父さんに星空もきれいに撮影できるカメラを借りていくんだ」

「楽しみだけど、虫が怖いなあ。でっかい蛾《が》が出たら気絶しちゃうかも……」

「そうしたら、みんなで脇腹くすぐって起こしてあげる！」

室内は気安いムードで、学年の隔たりなく日常的な言葉を交わしているように見える。

しかしよく見ると、1年生だけは3人で固まって座り、自分たちだけで会話していた。その表情に曇りはなく、2、3年生と同じく天体観測楽しみだねと話しているものの、どこか部になじみきれていない雰囲気がある。

ほのかは、こほんとひとつ咳払いをした。

「ちょうどこの時期は、あの星座が見えるかもしれませんね。あの有名な……」

いま見える星座ってなんだっけ？　ふたご座かなあ？　と部員たちは話す。けれどほのかはそれを無視して言った。

「そう、ギョー座です。これからしばらくの間、夜空にはギョー座を見ることができますね」

一瞬にして教室は、水を打ったような静けさに支配された。全員が目を瞬《またた》いて、信じられないものを見たかのような表情をしている。

ほのかの微笑みが強張《こわば》る。

ほのかには永遠にも感じられる数秒間が過ぎると、突然ユリコがせきを切ったように大笑いする。

「あははははっ！　ほのか、サイコー！」

ユリコはお腹を抱えて笑い続ける。それを皮切りにして、教室はざわめき始めた。

「ギョー座……？　そんな星座あったっけ……？」

「聞いたことないけど……」

ユリコ以外の2、3年生はそうささやき合って、困惑をあらわにしている。

1年生の話し声も聞こえてくる。

「まさか、ギョー座ってギャグ……？」

「なに言ってんの！　雪城先輩がそんな寒いおやじギャグ言う訳ないでしょ！」

「私たちが知らないだけで、そういう星座があるんだよ！」

みんなのそんな会話を聞いて、ユリコはさらに大笑いする。今にも椅子から転げ落ちそうな勢いだ。

ほのかは顔を赤くして、穴があったら入りたいというように体を縮こまらせた。

「うう……」

ほのかの悲痛なうなり声がもれる。


なぎさとほのかは部活を終えて、タコカフェへの道を歩いていた。

タコカフェはなぎさのラクロス部の先輩であり、ひかりの同居人でもあるアカネが切り盛りするお店だ。

ひかりは部活に入らずタコカフェのお手伝いをしていて、なぎさとほのかもそこに通うのが習慣になっている。

いつもの道を歩きながら、なぎさは今日の部活でのことを話していた。

「……って感じでさあ、調子に乗って大見得を切ったけど、莉奈と志穂のほうが全然頼りになるの。恥ずかしかったなあー」

なぎさが言うと、隣を歩くほのかはぴくりと肩を震わせた。

「恥ずかしい……？」

「うん、あれは恥ずかしかった。もういくらおだてられたって、絶対あんなこと言わない」

「……そんなこと、全然恥ずかしくないよ」

「いやいや、あれはほんとヤバかったんだって」

「世の中にはもっと恥ずかしい思いをしている人がたくさんいるんだから、なぎさは大丈夫よ。そんなの、全然恥ずかしいうちに入らないよ……」

ほのかの口調と表情はどことなく暗い。背中にはどんよりしたオーラを背負っているみたいにも見える。

なぎさは妙に思って尋ねた。こんなほのかはあまり見たことがない。

「ほのか、どうかした？　なんか元気ないみたいだけど」

「ううん。なんでもないの」

「でも……」

なぎさが言いかけると、ほのかの通学鞄につけられたハートフルコミューンから、ミップルの声が飛んでくる。

「なぎさ、ほのかは今、心に傷を負ってるミポ。あんまり深く追及しないであげて欲しいミポ」

「ええ⁉　心に傷⁉　私、なんでも相談に乗るよ？」

なにやら深刻なものを察したなぎさは、真剣な眼差しでほのかを正面から見た。ほのかは困ったように眉を下げる。

「ほんとに、大したことじゃないの」

するとと今度はなぎさの通学鞄についたコミューン、メップルが言った。

「人には知られたくないことのひとつやふたつ、誰にだってあるメポ。まあ、単純ななぎさにはちょっと難しいかもしれないメポ」

「人には知られたくないって……私にも？　そんなに大変なことなの？」

なぎさは心配のあまりメップルの挑発的な物言いにも気づかない。よけい真剣な顔つきになってしまったなぎさに、ほのかはますます困ってしまう。

「そ、そんなに深刻になられるとかえって言いにくいと言うか……」

「やっぱり、私にも言えないことなんだ……」

「え、ええっと」

噛み合わない会話をしているうちに、ふたりはタコカフェに到着した。

調理場であるワゴンの周りに椅子やテーブルを置いた、壁や天井のない小さなカフェスペースだ。

メインメニューはもちろんたこ焼きだけど、クレープやパフェなどのスイーツも最近は人気がある。

なぎさとほのかがやってきた時、アカネがワゴンの中でたこ焼きを作り、ひかりがそれをお客さんに運んでいくといういつもの光景が広がっていた。

私服にエプロンを掛けたひかりが、ふたりに気づいて駆け寄ってくる。

「なぎささん、ほのかさん! 今日も来てくれたんですね」

笑顔で駆けてきたひかりだったが、すぐに異変を感じとり、首を傾げた。

「あの、どうかしましたか……?」

「うん、なんでもない」

なぎさはそう答えたものの、その表情はなんでもないようにはとても見えない。

「そうですか? でもなんだか……」

ひかりは気遣わしげに、代わる代わるなぎさとほのかを見る。

「…………」

「…………」

「…………」

奇妙な沈黙が3人を包む。

少し離れたところでお客さんが席を立ち、アカネがありがとうございましたと声をかける。沈黙の中で、その声がやけに目立って聞こえた。

やがてその居心地の悪さに耐えきれなくなったのか、ほのかは降参した。

「わかった。全部話すわ」

ほのかは近くの椅子を引いて座った。あとのふたりもそれに続く。

なぎさは言った。

「大丈夫？　言いたくないことなら、無理に話さなくてもいいんだよ」

ひかりはこれまでの流れを知らないなりに、何か重要な話が始まる空気を察知し黙っている。

「大丈夫。でも本当に大したことじゃないの。今日、科学部でちょっと失敗しちゃって……」

「ほのかが？」

意外そうな声を上げるなぎさに、ほのかがうなずく。

「来週、みんなで天体観測に行く予定なんだけど、今の季節なら……ギョー座が見えますねって言ったの」

「うん、それで？」

「それだけ」

「え？」

なぎさとひかりは顔を見合わせた。どちらも何がなんだかわからないような表情だ。

なぎさが尋ねる。

「それのどこが失敗なの？　ギョー座っていう星座が見えるねって言っただけでしょ？」

「やっぱり、面白くないわよね……。1年生がまだ部になじみきれてないように見えて、冗談でも言ったらリラックスしてもらえるかと思ったんだけど……」

「うん？　それはわかるけど……」

ほのかは含みのある視線をなぎさに送る。なぎさはしばらく思案顔でいたが、ある瞬間あっと叫んだ。

「もしかしてギョー座って、ラー油と醤油をつけて食べる、1個食べると止まらなくなってつい食べ過ぎちゃうニンニクの利いたあのギョーザ⁉　キミ何座？　便座！　っていうのと同レベルのおやじギャグってこと⁉」

「うう……。お願いだから、あんまり言わないで……」

ほのかは沸騰しそうなほっぺたを両手で押さえる。

ひかりはまだよく理解できていない様子で、その単語を繰り返す。

「おやじギャグ……。それって面白いんですか？」

「うちのお父さんがよく言うけど、全っ然面白くない」

なぎさにバッサリ斬り捨てられて、ほのかはついにテーブルに突っ伏してしまった。なぎさは慌ててフォローする。

「あっ、ごめん！　でも本当に大したことじゃなくてよかったよ。一体何があったんだろうって、すごく心配しちゃった」

「私もごめんなさい。何が面白いのかわからなくて、失礼を……」

悪意のかけらもないひかりの言葉に、ほのかはかえって追い討ちをかけられつつ、なんとか突っ伏した頭を上げる。

「ひかりさん、その話はもういいから……」

ほのかはまだ顔を赤らめたまま、ため息をつく。

「私ダメね。冗談のひとつもうまく言えないなんて」

「そんなことないって！　ほのかって結構天然だし、話してるととっても楽しいよ」

「私もそう思います」

「そうかしら……」

ほのかが悩ましげに呟くと、唐突にコミューンの形だったメップルが元の姿に戻り、テーブルの上に躍り出た。

「ミップルー！」

同時にミップルも本来の姿になって、メップルに抱きつく。

「メップルー！」

ふたりはいきなりラブラブモード全開で、強く抱き合い、ほっぺたをすりすりしたりする。

メップルとミップルはどちらもポルンと同じく光の園の住人だ。見た目もポルンとよく似ていて、二頭身、まあるい頭にまあるい体、ちっちゃな手足と長いしっぽが伸びている。

そんなモフモフなふたりがいちゃいちゃする様子は見ていてとても可愛らしいものだけれど、なぎさはまたかと言うように肩をすくめた。

このふたりは毎日この調子なのだから、なぎさの反応も当然だ。

「やっとミップルの顔を間近で見られるメポ。ムダに深刻なムードだったから、いつ出ていこうか気を遣っちゃったメポ」

「さすがメップル、空気が読めるミポー！」

「あのねぇ、元はと言えばあんたたちが、心に傷だとか人には知られたくないことだとか、大げさなこと言うから！」

しかしメップルはそう言うなぎさを思いっきり無視して、ミップルに向き直る。

「ミップル、今日も美しいメポ」

「みんなの前で照れるミポ」

「あんたら……いい根性してるじゃないの」

なぎさの口角がひくひく動く。

と、その時、メップルとミップルの頭上に黒い影が現れた。

「ポポ～！」

黒い影はあっという間にメップルとミップルの上へ落下、ふたりは落っこちてきたそれの下敷きになってしまった。

「ポルンも遊ぶポポ！」

ふたりの上にのしかかっているのは、元の姿のポルンだ。ポルンはふたりの上でぴょんぴょん跳ねる。

「せっかくいい感じだったのに……また邪魔されたメポ」

「ポルン、重いミポ……」

以前は思う存分ふたりきりの世界に浸れたメップルとミップルも、ポルンが現れて以来、いいところで邪魔が入るようになった。

いつもの展開にふたりはややげんなりした表情を浮かべるが、遊びたい一心のポルンに悪気は少しもない。

「メップル、遊ばないポポ？」

ポルンがメップルの耳を引っ張る。

「あだだだだ！　わ、わかったメポ！　遊ぶメポ！」

「ポポー！」

ポルンは喜び、またミップルとメップルの上で飛び跳ねる。

やっとポルンがそこから降りると、ふたりは体をさすりながら立ち上がった。

ポルンたちはテーブルから飛び降りる。

「それじゃあほのか、ちょっと行ってくるミポ」

「うん、気をつけてね」

ミップルは手を振って、メップルとポルンと一緒に草むらの中へ入っていった。

それと入れ替わりで、今度はアカネの声が降ってくる。

「はい、いつものでいいんでしょ？」

赤いバンダナにひかりとお揃いのエプロンを身に着けたアカネが、アツアツのたこ焼きを手に持っている。

なぎさたちは思わずビクッと体を固くしたけれど、アカネの顔はいつも通りだ。どうやら動くメップルたちを見られたワケではなさそうで、なぎさは胸をなで下ろす。

「どうしたの変な顔して。あ、もしかしてクレープの気分だった？　それなら早く言ってよお」

「いえいえ！　私はエブリデイたこ焼きの気分ですから！　もちろんクレープも大好きだけど！」

いただきまーす！　と、なぎさとほのかは元気よく言って、たこ焼きを頬張った。

「ん～っ、これこれ！」

「やっぱりおいしいですね」

ひかりもたこ焼きを口に運びながら言う。

「私も練習してるけど、なかなかアカネさんみたいに、きれいな丸にはならなくて」

「いや、ひかりはよくやってくれてるよ。クレープだってずいぶんうまく作れるようになったし」

「やったじゃんひかり。アカネさんはほんとに感心してないと、人のことほめないんだから」

なぎさに言われて、ひかりは照れ笑いを浮かべる。

それを見たアカネが、なぎさに言った。

「なぎさ、あんたはどうなの？　ラクロス部のキャプテン、ちゃんとやれてる？」

「それを言われると……」

「なんか頼りない返事だなあ。ほのかも科学部の部長なんでしょ？　同じ立場同士、ビシッと言ってやってよ」

「わ、私よりなぎさのほうがしっかりやれてると思います……絶対」

「そお？　だいたいなぎさってすぐ調子に乗るとこあるから――」

アカネのダメ出しが始まりかけると、なぎさはアカネの背後を指さして、

「あっ！　この前の……」

と声を出した。

しかしアカネはそれを、話を変えるための作戦だと思ったらしく、振り返ることもしない。

「そんな古いやり方に引っかかるワケないでしょ。人の話はちゃんと」

そのまま話し続けようとするアカネの肩を、ツンツンとつつく者がある。

アカネは口をつぐみ、一拍置いてから、背後の人物を振り返った。

「中尾《なかお》くん！」

「こんにちは、藤田先輩」

そこにはアカネが商社に勤めていた頃の後輩、中尾がいた。

中尾の隣には黒いスーツを着た小柄な女性が立っている。

アカネと目が合うと、その女性は勢いよく頭を下げた。

「初めてお目にかかります！　野田仁美《のだひとみ》と申します」

茶髪にショートカットの野田は、いかにも天真爛漫《てんしんらんまん》な感じの笑顔を見せる。

「野田さんは僕の後輩で入社２年目。今、同じプロジェクトを担当してるんです」

「そうなんだ。初めまして、藤田アカネです」

アカネも頭を下げると、野田はぐっと拳《こぶし》を握り締めて言った。

「はい、中尾先輩からお噂はかねがね！　伝説の先輩だって！」

「伝説？　ちょっと中尾くん、何しゃべったのよ」

「僕はただ、ありのままを話しただけですよ」

中尾は爽やかに笑う。紺色のスーツに身を包んだ中尾は背が高くがっしりしていて、休日はスポーツをやっていそうな好青年だ。

野田は目を輝かせ、劇的な口調で言う。

「入社直後から数々の功績を挙げ、そのリーダーシップと人望で同期と後輩はもちろん先輩方からも一目置かれていた。誰もが認める若手のホープ！　しかし！　彼女は夢を諦められなかった。自分の作ったもので、誰かを笑顔にしたいという夢を……。みんなに惜しまれつつ、突然の退社！　そして、一から自分の道を歩み始めた……」

「ちょっ、中尾くん！　盛り過ぎ盛り過ぎ！」

アカネは野田の話を打ち消すように大きく手を振って、中尾の肩をどついた。しかし中尾はうろたえるアカネをよそに、相変わらず爽やかな笑顔でいる。

「ははは、盛ってなんかないですよ。他にもいろいろ先輩の武勇伝を話したら、ぜひタコカフェに行きたいって言うもんですから。いきなり押しかけて、すみません」

「そりゃあ、かまわないけど……」

たこ焼きよりも熱い野田の視線を受けて、アカネは居心地悪そうに頭を掻《か》いた。

たこ焼きを食べつつ3人の会話を聞いていたなぎさは、感嘆の表情でアカネを見上げる。

「すごい。アカネさんっていろんな人に尊敬されてるんだあ」

「ええっと、きみたちは確か、前もいた……」

「美墨なぎさです。ベローネ学院のラクロス部で、アカネさんの後輩です」

「なぎさの友達の雪城ほのかです。アカネさんにはいつもお世話になってます」

「これはどうもご丁寧に。僕は藤田先輩が会社に勤めていた時の後輩で、中尾と申します」

中尾は軽く頭を下げて挨拶した。

ひかりが口を開く。

「私は」

「九条ひかりさん……だったよね？　藤田先輩の親戚の」

「覚えていてくださったんですね」

中尾はこれまでも何度かタコカフェに来たことがあった。新たなプロジェクトを立ち上げるにあたり、また社に戻ってこないかとアカネに誘いをかけるためだ。しかし中尾はかなり熱心にスカウトを続けたものの、結局アカネの気持ちは変わらなかった。今では中尾も、スカウトについては諦めている。

なぎさは中尾と野田を交互に見ながら言った。

「アカネさん、ラクロス部でも伝説のOBなんですよ。アカネさんがキャプテンを務めた年にベローネは数年ぶりの大会優勝をして、それからうちは強豪校ともまともにやり合えるようになったんです。他にも部室に現れたでっかい虫を素手で捕まえたり、理不尽な先生に真っ向から異議を唱えたり……」

「わーっ、よけいなことは言わんでよろしいっ！」

アカネは自分のいろいろな過去を話し始めたなぎさに、背後から腕を回し羽交い締めにして、強制的に話を終わらせた。

そんなアカネを、野田はどこかあっけにとられたような顔つきで見つめている。

「本当にすごい人なんですね。そんなに若い女の子たちからも慕われて……」

「やめてよ、そんな大げさな」

「そしてこれが、伝説の人が作った伝説のたこ焼きかあ～」

野田は物欲しそうな瞳で、じぃ〜っとなぎさたちのたこ焼きを見つめる。

「せっかく来たんだし、食べていきなよ。サービスするからさ」

「いいんですか!?」

「もちろん」

アカネはうなずいてワゴンに向かう。その背中を見送って野田が言った。

「想像通りの人だなあ。堂々としてて気さくで……」

「そりゃよかった。でもあの人、ほめられるとすぐ照れるから。まあ、そこが可愛いとこでもあるんだけど」

「あ、やっぱり中尾先輩、藤田先輩のこと」

中尾はわざとらしい咳払いを盛大にして、野田の言葉を遮った。

ちょうどその時、野田の携帯が鳴った。

「ほら、鳴ってるよ。早く出ないと」

「助かりましたね、中尾先輩」

野田はいたずらっぽく言って、通話のためにみんなから少し離れた。

中尾はほっとした様子で息をつく。……が、それも束の間、3人の女子中学生から興味津々といった目で見られていることに気づく。

藤田先輩のこと……の続きって、何？　彼女たちの目はそう問いかけてくる。

「ははは……そうだ、これをあげよう」

中尾は乾いた笑いを発すると、無理矢理に話題を変えた。手に持っていた鞄から猫のマスコットを出す。テーブルの上に置かれると、目を閉じて眠っている猫のマスコットは、こくりこくりとうたた寝をする時のように首を振り始めた。

「ソーラーパネルで動くんですね。可愛い」

ほのかは猫のマスコットを見て言った。猫が乗っかっている座布団の隅に、小さなソーラーパネルがついている。

なぎさが尋ねる。

「ソーラーパネルってたまに聞くけど、なんだっけ？」

「太陽光を電力に変える装置のことよ。こういう小さなソーラーパネルもあれば、宇宙ステーションで使われる大きなものもあるの。どちらもパネルを構成するのは発電力の弱い太陽電池なんだけど、それを直列に並べることで電圧を上げてるの。自然の力を利用した発電方法のひとつとして、とっても注目されてるみたい」

ほのかがよどみない調子で持ち前のうんちくを披露すると、中尾は驚きをあらわにする。

「すごいな。よく知ってるね」

「ほのかは、学校でウンチク女王って呼ばれてるくらいですから」

「へえ、ウンチク女王」

「すみません、つい……。このマスコット、どうされたんですか？」

「仕事の関係でもらったんだ。家にあっても仕方ないから、もらってくれると助かる。今はひとつしか持ってないけど……」

「ひかり、タコカフェに飾らせてもらいなよ」

なぎさが言った。

「いいんですか？」

なぎさとほのかは快くうなずいた。

「ありがとうございます。アカネさんも喜ぶと思います」

ひかりが中尾にお礼を言うと、電話を終えた野田が駆け寄ってくる。その顔には焦りの色が浮かんでいた。

「中尾先輩、会社で何かトラブルがあったみたいなんです。私、もう戻りますね」

「えっ、大丈夫？　僕も戻るよ」

「先輩はもうちょっとゆっくりしてきてください。まだ来てから全然時間経ってないし」

ふたりが話していると、たこ焼きを持ったアカネがワゴンから姿を現した。

「もう帰っちゃうの？」

野田が答える。

「はい、急用ができちゃって。また遊びに来てもいいですか？」

「もちろん。あ、一瞬待って」

アカネは走ってワゴンに戻ると、またすぐにみんなのところへ駆けてくる。

アカネは持っていたビニール袋を野田に渡した。

「これお土産。持ってって！」

「わあ、ありがとうございます！　これ食べて頑張ります！」

ビニール袋の中には、パックに包まれたたこ焼きが入っている。野田はパアッと笑顔を見せて、そのまま嵐のように去っていった。

早足で広場から出ていく野田を見て、中尾が言う。

「慌ただしくてなんだか申し訳ないな」

「いいよいいよ、お勤めなら当然でしょ。仕事はどう？」

「あれから、新しいプロジェクトが始まったんです。ソーラーパネルを海外に輸出する仕事なんですが……。藤田先輩には戻ってきてもらえなかったけど、自分たちの力でやれるだけのことはやろうって思ってます」

中尾はちょっと真面目な顔になり、アカネを正面から見据《みす》えて言った。

――頑張ろう。あんたはあんたの道を。私は私の道を……。

中尾が社に戻ってこないかと誘いをかけた時、アカネはそう言って断った。その時の言葉が風と共に、中尾とアカネの間をすり抜けていく。

アカネはそっか、と呟いた。

「頼もしくなったじゃん、中尾センパイ」

そしてからかうように「センパイ」のところを強調して言い、肘で中尾の背中をぐりぐりやる。

「やめてくださいよー」

中尾はくすぐったそうに笑った。

「それじゃあ、僕ももう行きます。彼女、そそっかしいところがあるから、ちょっと心配で」

「ん。来てくれてありがとね！」

中尾はアカネと、なぎさたちにも手を振ってタコカフェを後にした。

「さて、私も仕事仕事！」

アカネもそう言ってワゴンに戻っていく。

テーブルにはいつもの3人が残された。なぎさは最後のたこ焼きを口に運びながら、しみじみ呟いた。

「なんか、大人って感じ」

「私たちもいつか、あんなふうに自分の仕事をするようになるのね」

「スーツを着てバリバリ働くキャリアウーマンな私……自分で言うのもなんだけど、あり得な～い！」

なぎさはそんな自分がまったく想像できないというように頭を抱える。

「ふふ。なぎさは亮太《りょうた》くんもいるし、子どもに好かれそうだから、保育士なんて向いてるかもよ？」

「ムリムリ、亮太ひとりだって散々手を焼いてるんだから」

「ほのかさんは、やっぱり何かの研究ですか？」

ひかりに問われて、ほのかはうなずく。

「うん。私、いろんなことを知りたいっていう気持ちが強いから、そういうのにも憧れてるかな。ひかりさんは……」

同じ話題を振られて、ひかりは言葉に詰まった。

将来の夢、将来の自分。そういうものを考えようとしてみても、そこには現実感がまるでないことに気づき、ひやっとした感覚に襲われる。

頭の中で誰かが呟く。

私って、何？

それはひかりが虹の園で目覚めてから、ずっと抱き続けてきた疑問だった。

ひかりは少し視線をさまよわせてから、口を開いた。

「私はまだ、将来のことなんて何も……」

ひかりはそんな気持ちを悟られないように、曖昧な返事をした。

「そうだよね。私だってなんにも考えてないもん。っていうか将来のことなんかより、明日の小テストのほうがよっぽど心配だよ」

なぎさはがっくりうなだれて、ほのかは笑った。

ほのかは舟形のお皿にのったたこ焼きを指さす。

「なぎさかひかりさん、よかったら食べちゃって。私はもうお腹いっぱい」

そこにはたこ焼きがひとつ残っている。

「あれ、まだあった？　もう食べちゃったかと思った」

「なぎささん、食べてください。私、これをアカネさんに渡しにいってきますから」

ひかりは猫のマスコットを持って立ち上がった。

「本当は中尾さんがいる間に渡さなくちゃいけなかったんですけど、うっかりして……」

「いいの？　じゃ、いただきっ！」

なぎさはたこ焼きを1個丸ごと口に入れた。

ひかりはワゴンの中にいるアカネに、マスコットを渡しにいく。その途中、ワゴン近くに置いてある鉢植えに目をとめた。ひかりが毎日水をやって育てた、あの鉢植えだ。

そこには黄色のチューリップが2本、赤のチューリップが1本咲いている。

ひかりは首を傾げた。昨日までは確か、それぞれ１本ずつ、合わせて２本のチューリップがあったはずだ。

不思議に思いながらも、新しく花が咲いたか、アカネが植え替えたのだろうと考え直して、ひかりは歩みを進めた。


昼間もなお薄暗い鬱蒼《うっそう》とした森の中で、カラスの声が行き交う。

街中でさえ、暖かな日差しや道沿いに植えられた木々などから初夏の気配を感じることはできる。けれどここは時間から置き去りにされたように、新たな生命の季節から遠く隔てられているみたいだ。

植物は全体的に活気がなく、むきだしの黒っぽい土がのっぺりと広がっている。あたりには生ぬるい空気が充満していて、息苦しくなるような心地だ。

そんな森の奥に、１軒の洋館がある。

蔦《つた》の巻きついた黒い鉄柵と広い庭に囲まれて、その洋館は存在していた。

青みがかった屋根からは煙突が伸び、壁にはいくつもの窓がぽっかり開いた口のように陰となっている。

洋館と呼ぶのにふさわしい、広大な敷地面積を持った壮観な屋敷だ。けれどその屋根も壁も、煤《すす》けたように黒ずみ、薄汚れている。

長い間、その窓に明かりが灯されることはなかったし、住人の姿も見られなかった。廃虚寸前の洋館なのだが、時々蠟燭《ろうそく》の火が窓の奥にちらつき、誰かの話し声がもれてくる。

そして今も洋館から、人の悲痛な声がかすかに聞こえてくる。

「ああっ！　――……痛っ……！」

その声の出どころである一室では……。

質のよさそうなシャツに蝶ネクタイ、サスペンダーに短いズボンという、どこかヨーロッパ的なアンティーク感のある格好をした金髪の少年と、執事ザケンナーAが、縄跳びの縄を回していた。

跳んでいるのは執事ザケンナーBだ。ザケンナーBはひどく跳びにくそうに、よろよろとジャンプを続けている。

それもそのはず、ザケンナーBはかなりの背高のっぽなのに、縄を回す少年は小学1～2年生くらいの背格好で、ザケンナーAはそれよりもっと小柄だった。

自分よりはるかに背の低いふたりが回す縄は、ザケンナーBの頭を全然越えていかない。そのためザケンナーBは目一杯頭を下げ、体を縮こまらせている。その体勢で少年がでたらめに回す縄を跳ぶのだから至難《しなん》の業《わざ》である。

ザケンナーBはつっかえつっかえ、またつい油断して頭を上げるたびに、鞭《むち》のようにとんでくる縄で後頭部を打たれ、満身創痍《まんしんそうい》になりながらジャンプしている。

「ヒイ～ッ、もう勘弁するザケンナ」

「まだまだ頑張るザケンナ！」

「ひょえ～ザケンナ！」

へろへろになっているザケンナーBに、ザケンナーAは容赦しない。

少年はきゃっきゃと楽しそうに笑っている。そこには少しの悪意も意地悪さもなく、ただ無邪気に遊んでいるのだということが一目でわかる。

「ザケンナッ！」

ついにザケンナーBは足を取られて転んだ。

「いてて……ザケンナ」

ザケンナーBは転んで打った膝と、繰り返し縄がぶつかった頭をさすった。闇の塊《かたまり》であるはずの体なのに、なぜかその後頭部は赤くなっている。

小柄なザケンナーAは少年が持っていた持ち手をザケンナーBに突きつける。

「ほら、早く回すザケンナ」

今度はザケンナーA、Bが縄を持ち、少年が中にはいる。

「あっ！　ちょっと待つザケンナ！」

ザケンナーAはふいに走り出して、椅子を持ってくる。そしてその上に乗り、あらためて縄の持ち手を握った。これでザケンナーBが腰をかがめると、ちょうど高さのバランスが取れる。

「行きますぞザケンナ!」

2体のザケンナーはにこやかに言って、縄を回し始める。そおーっと、そおーっと、びっくりするくらい慎重に。

「あはは!」

少年は跳ぶというよりまたぐという感じで、縄を越えていく。

「……というか、さっきも椅子を使ってくれればよかったザケンナ」

「こら、縄に集中しろザケンナ! このお方を転ばせたらタダじゃおかないザケンナ」

「はいザケンナ……」

ザケンナーAは強い口調でそう言った。その直後、ころりと声色《こわいろ》と表情を優しいものに変えて、少年に話しかける。

「それじゃあ、ちょーっとだけ速くしますよザケンナ」

「うん!」

宣言通り、縄がちょーっとだけ速くなる。そうすることでリズムがつき、少年はかえって跳びやすそうだ。

「あははははっ!」

楽しそうに遊ぶ少年と、ザケンナーA、B。

広間の端には、それを見守る3つの影があった。

「健やかなご成長ぶりだ」

そう呟いたのは、金の長髪に白っぽいマントを身にまとったサーキュラスだ。サーキュラスは腕を組み、冷静な口ぶりで続けた。

「いずれあのお方の邪魔となりうるものを、すべて排除するのが私たちの使命。プリキュア……そしてあの妙な力を持つシャイニールミナスを」

「今更言われなくてもわかってるよ」

つっけんどんに応えたのはビブリスだ。体つきは華奢《きゃしゃ》で女性の特徴を備えているものの、その話し方はサーキュラスよりもずっと攻撃的である。

ベリーショートのあかるい髪に、赤い唇、緑のイヤリングが印象的なビブリスは、苛立たしげに言った。

「3人まとめて倒せば、それで終わりさ」

「そうだ。聞いているか、ウラガノス」

手ぬぐいを巻いたような頭巾《ずきん》の赤い肌の大男、ウラガノスは、耳の穴をほじっていた手を止めてサーキュラスのほうを向いた。

「ん？　ああ、聞いてる聞いてる」

「ならいいが……時にビブリス。験担《げんかつ》ぎというものを知っているか」

脈絡のない話を振られて、ビブリスは眉間にしわを寄せる。

「勝負の前にカツ丼を食べたりするあれだろ。いきなりなんだい」

「そう、まさにそれだ。私はこれからプリキュアの元に向かう。そしてこの前、森の先においしいカツ丼屋がオープンしたらしい。……ビブリス、ひとつ頼まれてくれないか」

「あんた、ごちゃごちゃ言ってるけど要はカツ丼が食べたいだけだろ。自分で2人前、買ってきな」

ビブリスが言うと、ウラガノスはすかさず付け加えた。

「3人前でよろしく」

「お前たち……自分も食べる気満々じゃないか。ウラガノス、買ってこい」

「やだね。俺は今、一歩も動きたくない気分なんだから」

よっこいしょと呟きつつ、ウラガノスはその巨体を床の上に横たえた。

「アタシも筋肉痛で今日は一歩も歩けないね」

ビブリスはツンと言い放って脚を組んだ。

「私だって……」

言い出しっぺのサーキュラスはしばらく考え込んでいたが、突然立ち上がり勢いよく右腕を振り上げた。

「出さなきゃ負けよ！　ジャンケン！」

目にもとまらぬ速さでビブリスとウラガノスも拳を出す。

その時だった。

「あっ！」

縄跳びをしていた少年が足を取られてバランスを崩す。

そのまま床に転倒――かと思われた次の瞬間、サーキュラスたち3人は物凄《ものすご》い瞬発力を見せた。

「ポンンンンッッッ!!」

少年は3人に抱きとめられ、転ばずに済んだ。

「お怪我《けが》はありませんか？」

ビブリスに尋ねられ、少年はうんと答えた。

ウラガノスが少年の体勢を整え、サーキュラスが少年の服に付いたかすかな埃をそっと払う。

少年の無事を確認すると、サーキュラスはふいに視線を感じて頭を上げた。

見るといつの間にか、サーキュラスの前にビブリスとウラガノスが、それぞれチョキの形にした手を差し出している。

サーキュラスは、ゆっくりと自分の手に視線を移した。サーキュラスの手は少年の服を払ったまま、パーになっている。

「………」

なんとも言えない沈黙の後、サーキュラスは言った。

「仕方ない、私が買ってこよう。打倒プリキュアの前祝いだ」

サーキュラスは部屋の外に姿を消した。


太陽はまぶしく輝く。ピンクや黄色の花は、その日差しを受けて柔らかな花びらをほころばせている。

冬の寒さはとっくに遠のき、けれど夏の厳しい暑さはまだやってこない。小鳥たちはしきりにさえずり、心地よい風が吹く。

理想的な天気の日だけれど、今のなぎさにはそんなことにかまっている暇はなかった。

赤信号で立ち止まり、なぎさはせわしなくその場で足踏みする。

「もおーっ、お母さんたらなんで起きるまで起こしてくれないのよ！」

何回も起こしたわよ、という母の理恵《りえ》を思い出してなぎさはひとりごちる。

今日は御高倶女子との、親善試合の日だった。キャプテンであるなぎさが遅れるわけにはいかないのに、試合開始時間は刻々と迫っている。

信号が変わって、なぎさは走りだす。

大通りを行こうとした足を止めて、細い裏路地に入った。そこは確か、試合会場に通じる近道だった。

なぎさはクロスケースを肩に、全力で走る。やがて遠くに試合会場が見えてきた。

これならどうにか間に合いそう——なぎさは少しほっとする。

なぎさの目には、小さく見える試合会場しか映っていない。

だから気づかなかった。

頭上からなぎさを射る視線にも、あれだけ晴れていた空が、よどんだ赤紫色に変化していることにも。

「ずいぶん急いでいるようだな」

唐突に発せられた声に、なぎさは足の動きを止める。

声のしたほうを振り返ると、電柱の上からなぎさを見下ろすサーキュラスの姿があった。

その姿を目にして、なぎさの顔が一気に曇る。

「よりによってこんな時に……！」

なぎさはサーキュラスを見上げて唇を噛む。

そしてすぐに、試合会場への道をまた駆けだし、背後のサーキュラスに今の気持ちをぶつけた。

「今はあんたたちにかまっている暇なんてないの！」

しかしサーキュラスは素早く移動し、なぎさの前に立ちはだかる。

「貴様らの事情など、私には関係ない。ザケンナーよ！」

サーキュラスが叫ぶと、空から青あざのように不気味な色をした闇の塊が舞い降りてくる。それは裏路地の端にあったエアコンの室外機に入る。

「ザケンナー！」

灰色の硬そうな巨体、両手は高速で回転するプロペラで構成された怪物が、威嚇するように声を上げた。

「急いでるって言ってるのに……どうしてあんたたちって、いっつもそうなのよ！」

クロスケースを握りしめるなぎさに、ザケンナーの大きな影が落ちる。


一方、試合会場ではほのかとひかりが観客席に並んでいた。よく見ると、ふたりの周りをほんの小さなものが浮遊している。

オレンジ色の羽を羽ばたかせ、ちょこまかと飛び回るそれは、12のハーティエルのひとりシークンだ。

「なるほど～、これから親善試合が始まるですね！」

シークンは興味津々といった様子で望遠鏡をのぞき込み、フィールドを見つめている。

すべてを食い尽くす闇の力、ジャアクキングは、かつて虹の園もその力で覆い尽くそうとした。プリキュアと光の園のクイーンによって、ジャアクキングの野望は潰《つい》えたものの……その際クイーンは、ジャアクキングと共に形を失い、その存在は小さく分散されてしまった。クイーンが生まれる前の姿、原初の形に戻ってしまったのだ。

ふたたびクイーンを復活させるためには、クイーンの「生命《いのち》」「こころ」「12の志《こころざし》――つまりクイーンの意志――」をひとつにしなければならない。

そしてシークンは12の志のひとつ、探求を司るハーティエルだった。

「それで、なぎさはどこにいるです？」

シークンは体にくらべて大きめな頭を傾けて言った。

フィールドには両チームの選手が出揃っていて、もうすぐ試合が始まりそうだ。けれどそこになぎさの姿はない。

ひかりはあたりを見回して言った。

「なぎささん、まだ来ないんでしょうか」

「どうしたのかしら……」

ほのかも心配そうに呟く。

シークンはクイーンチェアレクトにちょこんと腰掛けた。

クイーンチェアレクトは、クイーンのこころの拠り所《よどころ》であり、シークンをはじめとするハーティエルたちはその中に納まる。

シークン以外のハーティエルは一度チェアレクトに納まるとほとんど姿を現すことはない。けれどシークンはその探求心ゆえ、たびたびチェアレクトを抜け出してほのかたちと共にいろんなものを観察するのが常なのだった。

「なぎさ、来ないですか？」

シークンが言う。

会話は聞こえないけれど、ベローネチームはキャプテンの不在に困惑しているようだ。

「なんだか、前にもこんなことがあったような……」

「その時は間に合ったんですか？」

「ええっと……その時はミップルが」

と、ほのかのセリフをさえぎって、ミップルがコミューンから顔を出す。

「ほのか、邪悪な気配を感じるミポ」

「そうそう、邪悪な気配を感じるって言って……え!?」

ほのかとひかりは顔を見合わせる。

「もしかしてなぎささん、危ない目に遭《あ》ってるんじゃ……！」

「行きましょう！」

ふたりは立ち上がり、シークンはクイーンチェアレクトの中に戻っていった。

ほのかとひかりは、なぎさが通るであろう道をたどって走る。

信号を渡ろうとした時、ミップルが言った。

「こっちミポ！」

ミップルが顔で指し示すのは、狭い裏路地だ。

ほのかとひかりはその道に入っていく。そしてしばらく走ると、クロス１本を手にザケンナーから逃げ惑うなぎさがいた。

「なぎさ！」

「なぎささん！」

ほのかとひかりに名前を呼ばれて、なぎさはそちらを振り返る。

「ほのか、ひかり！」

ザケンナーがなぎさに向けてプロペラを飛ばす。なぎさはそれを思わずクロスで受けとめるが、あまりの衝撃に弾き飛ばされてしまう。

「きゃああ～！」

持ち前の運動神経でなんとか受け身を取るものの、その体が止まったのは路地の壁に背中から激突してからだった。

ほのかとひかりは、なぎさに駆け寄る。

「なぎさ、大丈夫⁉」

「なんとか」

なぎさはふたりにそう返事をし、立ち上がる。その顔には、濃い焦りの色が浮かんでいた。

「でも、試合が……」

「早く会場に向かいましょう！」

ほのかが言った。しかしこの状況では、すんなりと会場にたどり着けそうにもない。

その時、コミューンからメップルが叫ぶ。

「変身するメポ！」

目と目を交わすなぎさとほのか。そしてふたり、強くうなずいた。

「うん！」

ふたりはそれぞれのコミューンを手にした。

クイーンに象徴される光の力が加わって、コミューンのふたがくるりと回転し開く。

メップルとミップルが顔を出して、なぎさとほのかはそこに手をかざす。

するとコミューンから天に向けて光の塊が飛び出した。

ふたりは強く手を握り合って、叫ぶ。

「デュアル・オーロラ・ウェイブ！」

七色の光がふたりを包む。その中でなぎさの体を、黒を基調としたコスチュームが覆っていく。胸には薄ピンクの大きなリボン、肩口やスカートの裾には同色のフリルが揺れる。

手首から肘までを、黒地に濃いピンクのラインが入ったアームガードが守り、膝から下を同じ色調で裾広がりのレッグガードが覆う。

ほのかは、なぎさのそれとはがらりと違う印象のコスチュームに身を包む。白に水色の差し色が入った、ワンピース型の衣服だ。裾はドレスのようにふわりとしていて、腕と脚にはなぎさと同様、コスチュームとお揃いのガードがつく。

なぎさはキュアブラックに、ほのかはキュアホワイトに変身した。

ブラックは上空から足を動かしつつ急速に降下し、やがてダンッ‼　と力強く地面に着地した。同時に砂煙が舞う。

隣ではホワイトが、トンッと身軽に、華麗に舞い降りる。

「光の使者　キュアブラック！」

「光の使者　キュアホワイト！」

ふたりは声を揃えて叫ぶ。

「ふたりはプリキュア！」

ホワイトは強い眼差しで敵を指さす。

「闇の力のしもべたちよ！」

ブラックもそれに続く。

「とっととおうちに帰りなさい！」

ザケンナーは憤《いきどお》ったように声を上げた。

「ザケンナー！」

重い地響きを鳴らして、ザケンナーはプリキュアに突進してくる。ブラックはその左足を、ホワイトは右足を正面から受けとめた。

「うぐぐ……っ」

ふたりはザケンナーに押されて、ずずっとアスファルトの地面を足裏でこする。しかしお互いの力はすぐに拮抗して、どちらも動きを止めた。

そこにザケンナーのプロペラが上空から飛んでくる。とっさに避けきれず、ブラックはそれを食らって吹っ飛んだ。

「ああっ！」

「ブラック！」

ホワイトはタンッと身軽にザケンナーから距離を取り、ブラックのほうに目をやる。ブラックはすぐに立ち上がった。

コミューンから顔をのぞかせてその様子を見ていたポルンは、ひかりに言った。

「ひかり、変身するポポ！」

ひかりはうなずき、コミューンにさっと手をかざす。

「ルミナス！　シャイニングストリーム！」

誰かに教わったわけでもないのに、自然と口をついて出る言葉を唱える。と、強烈な光の束が、ひかりを始点として発現する。

三つ編みにしている髪が自然にほどけていき、見事な金髪の量が増す。

ひかりのコスチュームはピンクを基調として、黄色のラインがところどころに入っている。

その布はさらりとしていて、羽衣のように軽そうだ。Aラインのシルエットは、どこか神話の女神のような雰囲気すらある。

「輝く生命《いのち》！　シャイニールミナス！」

高い位置で2つに結ばれた髪が、黄金色の風にたなびく。

「光の心と光の意志、すべてをひとつにするために！」

ひかりは、シャイニールミナスへと変身を遂げた。

ルミナスの胸から、ハートの形をしたピンク色の光が溢れ出る。

しかしザケンナーはそんなことにおかまいなしで、腕と足を無茶苦茶に振り回してホワイトとブラックを襲っている。

ふたりはそれを避けつつ、器用にジャンプして、ザケンナーの巨体を駆け上っていく。

「へへっ、ここまで来れば怖くないもんね！」

ブラックはザケンナーの肩まで登りきると得意げに言った。しかしそう言ったのも束の間、ザケンナーが、それまで閉じていた口をぱっくりと広げる。その中には、プロペラが見えて——ぶおおん！　という轟音がしたかと思うと、突風が吹き荒れた。

「う——っ！」

「ああ——っ！」

不意を突かれてプリキュアは突風をまともに食らい、地面にたたきつけられる。

「ブラック！　ホワイト！」

粉塵が舞う中、ルミナスはふたりに駆け寄る。

「大丈夫ですか⁉」

ルミナスが声をかけると、ダメージを押してブラックはゆっくり顔を上げた。

「うん！　こんなの全然……」

その時、隣のホワイトがブラックの言葉をさえぎって叫ぶ。

「ルミナス、危ない！」

「え？」

ルミナスが振り返る。ルミナスに向かって迫りくるのは、ザケンナーの2枚のプロペラだった。

風を切り、硬く厚いそれが高スピードで回転しながらルミナスを狙う。そしてジャキッ！　とプロペラの側面から無数のトゲが生えた。

「わ……っ！」

ルミナスは半ば転ぶように身をかがめる。2枚のプロペラは、ルミナスとプリキュアの上を薙《な》いでいった——と思った次の瞬間、プロペラはぐるりと方向転換し、ルミナスを追撃する。

「ええっ⁉」

ルミナスはジャンプし、身をよじってプロペラをよけていく。けれど何度かわしても、プロペラはしつこくルミナスを狙い続ける。

「こ、困ります！　きゃああーっ！」

パニックになりかけたルミナスは、叫び声を上げて突っ走る。

「いやーっ！」

しかしルミナスの行く手には、ザケンナーの本体が立ちふさがっていた。

「どいて！　どいてください！」

ザケンナーはそう言われてどいてあげるほど、親切ではなかった。

「ザケンナー！」

「ひゃあ！」

前にはザケンナー、後ろには凶暴なプロペラ2枚。逃げ場を失ったルミナスは、ザケンナーの巨体の上を走るままの勢いで駆け上った。

ダダダダッ！　と垂直な壁を登って、あっという間に頂上、頭のてっぺんに到着する。

そしてプロペラは相変わらずルミナスを狙ってくる。その結果――。

「ザケンナッ」

プロペラはザケンナーの頭にぶち当たり、ザケンナーは短い悲鳴を上げた。目を回したザケンナーは、ぐらりと体勢を崩す。

その上に立っているルミナスはあやうく落っこちそうになるも、ぎりぎり飛び上がって着地した。

「ふう……」

ほっとしかけるルミナスだったが、プロペラは本体をなぎ倒した後も力を失わない。まだルミナスに照準を合わせて飛び回っている。

「闇の力を押し返すポポ！　ルミナスならできるポポ！」

ポルンが言う。ルミナスはそれに応え、天に向かって叫んだ。

「光の意志よ！　私に勇気を！　希望と力を！」

するとルミナスの手に、ハートの形をしたハーティエルバトンが現れる。それをルミナスがくるくると扱うと、ハート形から、１本の弓のような棒状に変化する。

ルミナスはハーティエルバトンをさばき、空中に投げ上げる。そして腰を落とし、右足を伸ばし両腕を広げた武術家のようなポーズを取る。

「ルミナス・ハーティエル・アンクション！」

ルミナスが力を込めると、空中に静止したハーティエルバトンから七色の光がブアッとほとばしった。

光は迫りくるプロペラを包み込む。プロペラは元々の姿に戻って無力化し、カランと音を立てて地面に転がった。

高みの見物をしていたサーキュラスは、それを見て眉を寄せた。

「この力、やはり……！」

ザケンナーは怒ったように起き上がり、両腕を振り回す。

「ザケンナ、ザケンナーッ！」

ブラックとホワイトは、視線でうなずき合って手をつないだ。

「ブラックサンダー！」

る。

「ホワイトサンダー！」

ふたりの声に呼ばれて、ブラックの手には黒の、ホワイトの手には白の稲妻が落ちてく

その力を受けながら、ホワイトが叫ぶ。

「プリキュアの美しき魂《たましい》が！」

「邪悪な心を打ち砕く！」

ブラックも叫ぶと、ふたりはもう一度ぎゅっと手を握り合い、黒と白の力をためこむ。

「プリキュア・マーブル・スクリュー！」

さらにいったん肘を引き、ぐっと力を込め直して——

「マックスー!!」

2色の雷は混ざり合ってひとつの光の塊となり、ゴウッと爆発するかのような勢いで発射された。その勢いの激しさのために、ブラックとホワイトはやや反動を受け、地面を踏みしめたままずずっと少し押し下がる。

光はザケンナーにまっすぐ向かっていく。

「く——っ！」

光はサーキュラスにも及び、サーキュラスは大きく飛びのいた。

ザケンナーはプリキュアの技に直撃され、少しの間、それに耐えようとする様子をみせ

るものの――

「はあああっ！」

ブラックとホワイトは光を放出する手に力を込め、より強く地面を踏みしめる。

ザケンナーは、やがて歪《いびつ》な形を失った。両手両足を持った巨大な体は、無数のちっちゃなゴメンナーに変わる。

「ゴメンナー、ゴメンナゴメンナゴメンナー」

困り顔を浮かべたゴメンナーはしきりに謝りながら、ちょこちょことどこかへ去っていった。

サーキュラスもいつの間にか姿を消している。

不吉な空の色はだんだん薄れて、３人の頰に明るい日差しが投げかけられた。

御高倶女子６点、ベローネ学院６点の同点で、試合の残り時間はあと数分。

この大切な局面で、エースでありキャプテンであるなぎさは登場した。

到着して息つく暇もなく、なぎさはクロスを持ってフィールドに入った。

歓声と熱気の中で、オレンジ色のボールが次から次へとクロスを渡り歩く。なぎさはしっかりとボールを目で追いながらも、自分の高鳴る鼓動を感じていた。

それはこの緊張感溢れる試合状況のせいでもあるし、ザケンナーをとっととおうちに帰した疲れのせいでもある。

けれど一番大きな理由は、ほのかとひかりの隣で観客席に座っている、藤村省吾《ふじむらしょうご》先輩だった。

「美墨さん、頑張ってー！」

藤村先輩、通称藤Pの声がフィールドの中まで届いて、なぎさの心臓がひときわ大きく飛び跳ねる。

なぎさたち3人が試合会場に駆けつける途中で、藤村とはたまたま遭遇した。藤村はここに隣接しているサッカー場で、練習試合を終えてきたところらしい。ほのかが大急ぎで、これからなぎさの試合があることを話すと、藤村は応援についてきてくれたのだった。

なぎさはちらりと一瞬だけ、観客席の藤村を見る。まだユニフォーム姿の彼は、爽やかさ120パーセントだ。

なぎさはすぐに目を離し、いかんいかんと首を振った。

「今はとにかく、集中っ！」

なぎさは小さく言って、視線をボールに戻す。

「なぎさーっ！　取ってー！」

そこに、莉奈からのパスが回ってくる。すぐ近くにいた御高倶の選手が、なぎさの前に体をねじ込もうとする。しかしなぎさは素早く一歩踏み出して相手のカットを阻止し、パスを受け取った。

シュッ！と小気味いい音を立てて、ボールはクロスに収まる。なぎさは広く視野を保ち、最も有効なパスコースを探しながら駆ける。

やがてなぎさの目に、一筋の光が見える。なぎさから、志穂へ、志穂からゴールへは、いま相手の守備が薄い。

「志穂ーっ！」

「オッケー！」

志穂はパスを受け、相手チームの選手が来ないうちに、すかさずシュートのフォームに入る。

志穂とゴールの距離は近い。相手のゴーリーの顔に緊張が走る。この距離で打たれたら、ゴーリーが止めるのは至難の業だった。

けれどその時、なぎさへのパスをカットしようとしたロングヘアの選手が、予想外の瞬発力を見せる。猛然とダッシュして志穂に追いつき、滑り込むようにゴールの前へ立ちはだかる。

そのせいで志穂はコントロールを失い、放ったシュートはゴールから大きくはずれた。

志穂は、あちゃー、と顔をしかめる。なぎさは志穂に声をかけた。

「ドンマイ！　次、次！」

同時に、なぎさは心の中で呟く。

さすが御高倶、一筋縄じゃいかないってことね。

なぎさはぎゅっとクロスを握り直す。その横顔は、すっかり試合に没頭していた。

今度は御高倶にボールが渡り、どんどんベローネ側のゴールに近づいていく。

ベローネは練習通り、冷静なプレイで守備を固める。しかし御高倶も負けてはいない。

巧みなパスと体さばきで、その守備に斬り込む。

なぎさから離れたところで、御高倶のロングヘアの選手が、パスを送ろうとする。なぎさは瞬時に、そのパスを通したら危険だと直感した。

そして唯一、パスを止められる可能性のある場所にいたのは、後輩のありさだった。

「ありさ、止めてーっ！」

なぎさの声に弾かれて、ありさはパスコースに躍り出る。ボールはありさのクロスにすっぽり収まった。

パスカットの成功に、ありさは自分で驚いた顔をする。

なぎさはありさに手を振ってパスをアピールした。しかしなぎさとありさの間には、相手チームの選手がいる。彼女らに取られないよう、ありさはなぎさに、というより志穂と莉奈に教わった高いコースのロングパスを放つ。

「ナイスパス！」

なぎさはそのパスを正確に受けとめる。

と、その時だった。なぎさは視界の隅で、何かが飛んでくるのを見た。それが何かわからないまま、とっさにクロスをかまえ、受けとめる。クロスに入ったそれは、オレンジ色のボールだった。

「えっ!?」

なぎさは一瞬、混乱する。今なぎさのクロスには、まったく同じボールが2つある。

が、ゴールにつながる光の筋をふたたび目にすると、頭よりも体が先に動き——なぎさはシュートを決めた。それも、2つのボールで。

会場を沈黙が覆う。それはすぐに、大歓声へと変わった。

「すごい！　なんだ今の！」

「ボールを2つ入れちゃった！　あんなの見たことない！」

「かっこいーっ！」

なぎさは歓声の真ん中で、おろおろと立ち往生する。観客席はなぎさの珍プレーにわいているものの、選手たちは困惑の表情だ。

莉奈がなぎさに駆け寄ってきて言った。

「なぎさ、どうしたの?」

「私にもわかんない。いきなりボールがもう1個飛んできたから、つい……」

「ありさの後、なぎさにパス出したのは誰？」

莉奈は声を上げて、選手全員に尋ねる。しかしベローネも御高倶も、お互いに顔を見合わせるだけだった。

なぎさは不思議そうにゴールの中のボールを見つめる。

「一体どこから飛んできたの……？」

この珍事に審判は試合を一時中断した。

けれど審判も選手も、２つめのボールがどこから飛んできたのか、見た者はいなかった。

結局、ボールの謎は解けないまま、そのゴールはノーカウントとして試合を再開することになった。

選手たち、特に下級生は流れを中断されて、少し覇気を失ったみたいだ。

「結局、なんだったの？」

「さあ？　っていうか、ノーカウントになっちゃうんだ。損した気分～」

そんな下級生の背中を、なぎさはぽんっとたたいた。

「気持ち切り替えていこ！　確かにノーカウントになったけど、ボールが２つもゴールするなんて、すごいラッキーじゃん！　流れはうちに向いてるよ」

下級生たちはなぎさの明るい笑顔を心強そうに見る。

「はいっ！」

なぎさの一言で下級生の顔に、やる気が戻る。

そのやりとりを見て、莉奈たち３年生は密かに微笑んだ。

やっぱり、キャプテンだね。そんな思いを瞳ににじませて。

――そして試合が再開する。

ベローネはアクシデントを乗り越えて、最後まで攻めの姿勢を失わなかった。それが功を奏し、最後の最後、ベローネは点を獲得。ライバルの御高倶女子に勝つことができた。

試合終了を告げる合図が鳴ると同時に、ベローネチームに笑顔が溢れる。整列して挨拶を終えると、イエーイ！　と、ベローネチームは全員でハイタッチを交わした。

なぎさはありさの肩に手を置く。

「ありさ、ナイスパスだったよ。もう高いパスもばっちりじゃん！」

「はい！　久保田先輩と高清水先輩が教えてくれたおかげです！」

ありさははつらつと答える。それを聞いた莉奈は苦笑して言った。

「こういう時は、嘘でもなぎさのおかげって言っとかなきゃ」

「あっ……！　ごめんなさい。キャプテンにも教えてもらったおかげです」

ありさは素直に言い直した。

なぎさは微妙な表情を浮かべる。

「いや、私はなんにも……」

「てゅーか、てゅーか、てゅーか！　案外、ほんとになぎさの謎な教え方がよかったのかもよ？　ていっ、ひょい、バビューン！　だっけ？」

志穂はからかい口調でなぎさの教え方を再現する。すると莉奈がすかさず割って入って言った。

「違う違う。ドシャーン、バリーン、じゃじゃじゃーん！　でしょ？」

「ちょっと！　いくらなんでもそんなことは言ってないでしょ！」

なぎさはにやにや笑う莉奈に食ってかかる。

「そうだっけ？　だいたいそんなもんだったでしょ。ね、ありさ」

「え？　ええっと……」

莉奈はわざととぼけて、ありさに同意を求める。ありさは立場上、そうだとも違うとも言えずに困った様子だ。

「もう、後輩を困らせるんじゃないの」

「あはは、ごめんごめん」

莉奈はからからと笑った。

そんな会話をしていると、ほのかの声が降ってくる。

「なぎさ、みんな、おめでとう！」

ほのか、ひかり、藤村の３人が観客席の一番前まで下りてくる。

「おめでとうございます。いい試合でしたね」

ひかりが言って、藤村もうなずく。

「美墨さん、大活躍だったね。もう立派なキャプテンだ」

なぎさはとたんに、ボンッと顔を赤くした。誰が見ても明らかなくらいわかりやすく、あわあわと挙動不審になる。

「あ、ありがとうございます。でも私なんか全然……」

「ただの食いしん坊メポ」

「そうそう、昨日だってお弁当食べてからパン２つ買ってたこ焼き食べて夕飯もしっかりおかわりを……」

なぎさはそこまで言ってはっとする。食いしん坊メポ？　そんなこと言ってない！

「って、こらーっ！」

すぐそばにあったなぎさのクロスケースに、なぎさは怒鳴った。その中にはコミューンのメップルがいる。

けれどなぎさはすぐに自分の口を手で覆い、しゃきっと姿勢を正す。おそるおそる藤村を見ると、彼はあっけにとられたようになぎさを見つめていた。

いやあ～！　と、なぎさは心の中で叫んだ。絶対引かれた、絶対引かれた！

「あははっ」

なぎさがかわいそうなくらい顔を赤くしてうつむくと、藤村の笑い声がする。

なぎさは絶望的な気分で頭を上げる。そこにあったのは、藤村の満面の笑みだった。

「美墨さんって、一緒にいるといつも元気を分けてくれるよね。そういうところ、いいと思うな」

「え……」

「俺も練習頑張らなきゃ。じゃあ、またね！」

藤村は颯爽《さっそう》と手を振り、試合会場から去っていく。

なぎさは呆然とその背中を見送って、ぽつりと呟いた。

「あり得ない……」

ほのかはそんななぎさに、柔らかく微笑む。

「よかったね、なぎさ」

熱いほっぺたを両手で包み、なぎさはぎこちなくうなずく。

ひかりはイマイチいろんなことがよくわかっていないらしく、ふたりのやりとりを不思議そうに見つめた。

「それじゃあ、私も失礼するわね。ひかりさんは？」

「私もタコカフェのお手伝いがあるので、失礼します」

ほのかとひかりが言い、なぎさはまだ動揺の収まらない様子でなんとか返事をする。

「わ、わかった。ありがと……」

「ふふ。じゃあ、さよなら」

ほのかとひかりはラクロス部のみんなにも頭を軽く下げて、背中を向ける。

一方なぎさは、まだひとりでぼーっと立ちすくむ。その両サイドを、莉奈と志穂がウソの咳払いをしながら囲んだ。

「うおっほん、うおっほん」

志穂がジト目でなぎさの体をつつく。

「いやあ、青春ですなあ」

「若いってうらやましいですなあ～」

「……あんたたちも同い年でしょうが！」

ふたりにからかわれて、なぎさは我に返った。

志穂は悪びれずに笑う。

「でもでもー、ほんとなぎさ大活躍だったよね。あのダブルボールゴールで流れが変わったって感じ。遅刻したけど」

「そうだね、遅刻したけど」

莉奈にも重ねて言われて、なぎさは顔の前で手のひらを合わせる。

「それはマジでごめんっ！」

莉奈は少し真面目な顔になる。

「次から気をつけてね。なぎさはキャプテンなんだから」

「うん。絶対、もうしないから」

なぎさはしっかりとうなずく。

莉奈はそうしてね、と念を押してから、例のダブルゴールに話を移した。

「だけど、一体あれはなんだったんだろ？」

隣の志穂が言う。

「やっぱ、誰かがなんか勘違いして、予備のボールを使っちゃったとか？」

「そんなことってある？　……でも、誰かがパスしない限り、ボールがひとりでに飛んでくるわけないよね」

莉奈と志穂は、チームメートをぐるりと見回した。莉奈は冷静に問いかける。

「ねえ、本当に誰もなぎさにパスしてないの？」

チームメートは、みんな首を傾げたり、肩をすくめたりして、心当たりのない様子を見せる。

「間違いは誰にだってあるんだから、隠さないで言ってみて。このままじゃ気持ち悪いもん」

莉奈は重ねて言ったけれど、やっぱり返事はない。勝利に浮かれていた雰囲気が、少し居心地の悪いものになる。

そこでなぎさは、いつもの調子で口を開いた。

「まあまあ、誰も知らないって言ってるんだし、あんまり気にしてもしょうがないよ」

「でも、試合のことはきちんと反省しないと。もし何か間違いがあったなら、今後気をつけるべきことがわかるでしょ？」

「それはそうだけど……」

莉奈に反論されて、なぎさは言いよどむ。チームメートたちは、どこか気まずそうな様子だ。

なぎさはちょっとの間、口をつぐんでから、あっ！　と声を出した。

「わかった！」

チームメートみんなが、なぎさに注目する。

「きっと、鳥が運んできたんだよ！　ボールを持ったまま飛んできて、ちょうどフィールドの真上で落っことしたの。いやー、偶然偶然！」

なぎさの冗談じみた言い方に、何人かは小さく笑った。けれど、莉奈は真面目な表情でなぎさを見据える。

「ふざけてる場合？　キャプテンはこういう時、ちゃんとしてもらわないと困るよ。なぎさはちょっとお気楽すぎ！」

その強い口調に圧倒されて、なぎさは何も言い返せない。チームメートはみんな、心配そうになぎさと莉奈を見つめている。

莉奈ははっとして、眉尻を下げた。

「……ごめん、ちょっと言い過ぎた」

「ううん。私のほうこそ、ごめん」

なぎさは呟くように言った。

その日の夜。

なぎさは夕飯を食べ終えて、箸を置いた。

なぎさの家は、郊外のマンションの一室にある。いまなぎさがいるのは、リビングとひと続きになったダイニングで、テーブルには弟の亮太、母の理恵、父の岳《たかし》が同席している。

部屋の隅には亮太の漫画が積んであったり、リビングのテーブルにはなぎさの食べかけのお菓子が置きっぱなしになっていたりするものの、全体的には整頓されていて、居心地のいい雰囲気だ。

「ごちそうさま」

一番先にお皿を空にしたなぎさは、そう言って立ち上がった。

すると今度はリビングのソファーに寝そべって、食べかけのお菓子を頬張る。テレビでタレントが冗談を言うと、なぎさは思いきり笑った。

「あははははは！」

そんなことをしていると、すぐに理恵の声が飛んでくる。

「こら、なぎさ！　寝ながらものを食べない！」

「そうだ。お行儀が悪いぞ。もっとおぎょー品にしなさい」

岳がいつものおやじギャグをかます。亮太はそれに対して鋭く言った。

「お父さん、そのギャグはイマイチ」

「あれ、手厳しいなあ」

岳はとぼけて頭を掻いた。

なぎさは注意されても体勢を変えない。ふたたび理恵が言う。

「なぎさ、聞いてるの？」

なぎさは寝転がったまま首だけダイニングのほうに向けた。

「いいじゃない、別に減るもんがあるわけじゃないんだしい」

なぎさの口調は妙にへらへらしている。

「お姉ちゃん、ごはんもおかわりしたのに、まだお菓子食べるの？　そんなことしたら三段腹になるんじゃない？　……あ、もしかして、もうなってたり」

なぎさは亮太をぎろりと睨《にら》みつける。

亮太は素早くごちそうさまっ！　と言って、椅子の後ろに隠れた。いつもならここで、怒ったなぎさとの追いかけっこが始まる。捕まるとプロレス技をかけられてしまうから、亮太も必死だ。

けれど予想に反して、なぎさは大らかに笑った。

「ははははは！　そーかもね！　でもいーじゃん！　三段腹の何が悪いの？」

「お姉ちゃん……？」

亮太はなぎさの意外な反応に、きょとんとする。またふたりの追いかけっこが始まることを予想していた理恵と岳も、ぱちくりとまばたきをした。

「お姉ちゃんどうしたの？　なんか変だよ？」

「そお？　いつも通りでしょ。私ってお気楽だからー」

なぎさはソファーから起きると、不自然な笑い声を上げながら自分の部屋に向かっていった。

「…………」

理恵はなぎさの出ていった後を、思慮深く見つめた。

部屋に入ると、なぎさは盛大にため息をついた。

「は～あ……」

重そうに体を引きずって、ベッドにダイブする。両手両足を広げてうつ伏せると、それきり電池が切れたみたいに動かなくなった。

なぎさが倒れ込んでも、ベッドに置かれているたくさんのぬいぐるみ、そして壁に飾ってあるアクションスターのポスターは、表情をぴくりとも変えない。

ただ、ピンク色のカーペットの上にある、コミューンのメップルだけが反応した。

「いつもよりさらにノーテンキになったかと思えば、今度はため息メポ？」

メップルはコミューンから元の姿に戻った。短い足を動かして、ベッドの下までやってくる。

なぎさは何も応えない。

メップルはベッドからずり落ちかけているタオルケットをよじ登って、なぎさの頭の横に立つ。

「おかしいメポ。なぎさはいつもおかしいけど今日は一段とおかしいメポ」

「うるさいわねー……私だっていろいろあるんですう」

メップルはなぎさの顔をのぞき込む。

「ははーん、さては試合の後お気楽って言われて、落ち込んでるメポ?」

なぎさはそれを無視して、顔をメップルの反対に向けた。どうやら図星みたいだ。

「そんなの気にすることないメポ。なぎさはいつもそんなことばっかり言われてるけど、へらへらしてるメポ。全然なんてことないメポ」

「そりゃそうだけど今回のは……って、いまなにげに失礼なこと言わなかった?」

「メップルはなぎさを慰めようとしただけメポ!」

どよーんとしたなぎさの顔がどアップで近づいてきて、メップルはちょっと慌てる。

その時、部屋のドアがノックされた。なぎさはうつ伏せたまま返事をする。

「はあ〜い」

ドアを開けたのは理恵だった。理恵はなぎさの部屋に入ってくると、開口一番言った。

「ねえ、何かあった?」

「……何かって?」

「知らないけど、今日試合だったんでしょ? 試合で何かあって、落ち込んでるんじゃないの?」

部屋の中はしんと静まった。メップルはぬいぐるみのふりをして、身じろぎもせずに転がっている。

　なぎさは内心、どきりとしていた。お母さんは何も知らないはずなのに、どうしてわかるんだろう。

　理恵はなぎさの学習机の椅子に座った。

「ちょっと、勝手に座らないでよ」

　なぎさは上半身を起こす。理恵はその言葉に取り合わないで、座ったまま続けた。

「お母さんでよければ話聞くから。言ってごらん」

「なんでもないよ。……だいたい、何かあったとしても、私が落ち込むと思う？　どーせお気楽だもん」

　なぎさは投げやりに言った。理恵はそんななぎさを、真剣な表情で見据える。

「確かになぎさはひとつのことをじっくり考えるタイプじゃないわね。たまに楽観的過ぎるところもあるかもしれない」

　なぎさは面倒くさそうに、背中を壁に預けた。ひょっとして、お説教が始まるのだろうか？

「……だからって、何があっても落ち込まないとか、傷つかないわけないでしょう。そんな人いません。特にあんたは、結構小さいことを気にしたりするんだから」

　なぎさは黙って、視線をさまよわせる。なんとなく理恵と目を合わせるのが気まずい。

「あんた、小さい頃はずいぶん人見知りだったの覚えてる？」

「私が……？」

「そう。私の後ろに隠れてばっかりで、お友達と遊ぶ時も、いつも相手の子の様子をうかがってた」

なぎさはそれを聞いて意外に思った。なぎさ自身、自分のことを楽観的でどちらかといえばポジティブで、あまり人見知りの激しいほうじゃないと思っていたからだ。

小さい頃のことを思い出してみようとするけれど、はっきりした記憶は浮かんでこない。

「いつからかそんなことはなくなったけど、傷つきやすくて優しいところは変わってない。私はそう思ってるわ」

そこに話を聞いていたらしい岳が、ひょいと顔を出した。

「なぎさは周りを気遣える優しい子だよ。何があったのか知らないけど、父さんと母さんはなぎさの味方だ」

なぎさは思わず目頭が熱くなるのを感じた。だけど涙を見せるのは恥ずかしいから、拳を握ってそれをこらえる。

お母さんは口うるさいし、お父さんのギャグはつまらないけど……私のこと、そんなふうに思ってくれてたんだ。

「お母さん、お父さん……」

胸のあたりに渦巻いていたもやもやが、ふたりの愛情にふれて溶かされていくみたいだった。

「ありがとう」

なぎさは心からの笑顔を見せた。

「お姉ちゃんが傷つきやすくて優しい～⁉　冗談にもほどがあるよ。ボクなんて昔っからことあるごとにプロレス技かけられてばっかだもん。ほんとお姉ちゃんっていうより、ゴリラから生まれた怪力女って感じで……」

岳の背後から現れた亮太はよどみなくしゃべる。

ふと両肩に重さを感じて目を上げると、そこにはなぎさの満面の笑みがあった。しかしついさっきまでの、心からの笑顔じゃない。唇の端がひくひく強張っている。

「亮太く～ん？　そんなに、私にお仕置きされたいんだあ？」

「じょ、冗談だよ冗談！　傷つきやすくて優しいお姉ちゃん！」

「亮太！　待ちなさい！」

亮太はリビングに逃げ、それをなぎさが追う。

リビングのテーブルとダイニングのテーブルの周りをぐるぐる、あっちに行ったりこっちに行ったり、フェイントをかけたりかけられたり忙しい。

「ちょっと！　まだお皿出てるんだから、走り回らないで！」

理恵がそう言うが、ふたりとも聞かない。

やがてなぎさは亮太の右腕を捕らえると、すかさず押し倒した。そして亮太の脚の間に自分の右脚を入れ、体を反転させると……。なぎさは亮太の上に腰を落とした。

「おりゃあ〜！　サソリ固め〜！」

「ぎゃあああ〜！　ギブ、ギブーッ！」

亮太は悲鳴を上げてドンドン床をたたく。

美墨家の夜に、いつもの騒がしさが戻った。

第2章　きらきら！　みんなで天体観測！

コチコチコチ。

コチコチコチ。

タコカフェのカウンターに置かれた猫のマスコットが、規則正しいリズムで首を振る。

ひかりはじっとそれに注目している。

午後4時。ちょっと前まで絶えなかった客足も落ち着いて、テーブルには誰もいない。

ポルンはコミューンの中で眠り、アカネはメモを片手にワゴンの中で在庫の確認をしている。

ようやく訪れた、静かなひと時だった。

コチコチコチ。

上下に揺れる頭の動きを見ていると、眠くなってしまいそうだ。

——これはソーラーパネルで動いてるって、ほのかさんが言ってたっけ。

ひかりは空を見上げる。最近は日が長くなった。まだまだ太陽は落ちそうにない。

ふいにワゴンの中から聞こえてきていた、アカネのごそごそ動く音がやむ。ちょうどあたりの車通りも途絶えて、ほとんど完全な静寂となった。

その中にいて、ひかりは漠然とした不安に襲われる。

この途方もなく広大な世界で、自分がひとりぼっちでいるような。

——私って、何？

いつも胸の片隅にある疑問が、また頭をもたげる。

ひかりはある日突然、虹の園にいた。それはほんの最近のことだ。それより前の記憶はいっさいない。どこで生まれて、どうやってここに来たのかもわからない。

一応アカネの遠い親戚として一緒に暮らしているけれど、それも本当のことじゃないとひかりは知っている。

ハーティエルたちは、ひかりをクイーンの生命《いのち》だという。でもそんなことを言われたって、納得はできない。

──私は、どうやって生きていけばいいんだろう。何をするべきなんだろう。

自分がとても危ういところに立っているような気がして、足元がひやりとする。ひかりはぎゅっとエプロンの裾を握りしめた。

その時だった。

「太陽は、そこにあるだけで周りのものを照らし出す……。それは皆同じこと。誰しもが、周りの人を照らし、照らされる……」

まるで暖かい光のような、限りなく穏やかで優しい声だった。

ひかりは目を大きく開けて、顔を上げる。あたりを見回すけれど、誰もいない。

その声は、前にも聞いたことがあった。ひかりが悩んでいる時、またぼうっと自然を眺めている時にも、その優しい声はひかりに流れ込んできた。

声は、虹の園のあらゆるところから聞こえてくる。ある時はタンポポの綿毛のひとつひとつ、ある時は大きな白い雲の中から、その声は聞こえてくる。

そしてひかりは、その声はきっと光の園のクイーンのものなんだろうということを、直感的に察していた。

「周りの人を照らす……」

ひかりはクイーンの言葉を繰り返す。クイーンの声はいつも、思いがけない言葉でひかりを励ましてくれた。それは、今日も同じ。

ひかりの胸に、なぎさとほのかの顔が浮かぶ。それからアカネやクラスメート、常連のお客さんたちの顔も。

――私も、誰かの太陽になりたい。そうすれば……私はここにいていいんだって、思えるかもしれないから。

ひかりは手をかざして、まぶしい太陽の光を仰ぎ見た。

ふと、アカネの動く物音がして静寂が崩れる。

アカネはワゴンから顔を出して言った。

「ひかり、お客さんみたいだよ」

ひかりは急に現実へ引き戻されたような感覚になりつつ、アカネが指さすほうを見る。

そこにいたのは、ほのかだった。

「ほのかさん！　おひとりですか？」

なぎさと一緒にたこ焼きを食べにくることは多いけれど、ほのかひとりでタコカフェに立ち寄るのは珍しい。

ひかりが尋ねると、ほのかは1枚の紙をひかりに渡した。

「科学部天体観測会……？」

ひかりは紙に記されている字を読み上げる。そこには天体観測会の場所や日時、服装に関する注意などが簡単にメモしてあった。

「今夜、科学部で天体観測をするの。昨日誘おうと思ったんだけど言い忘れちゃって。よかったら、ひかりさんもこない？」

「私も行っていいんですか？」

「うん。なぎさにも声かけようと思ってるの」

「ぜひ行きたいです！　アカネさん、いいですか？」

アカネはワゴンから身を乗り出してうなずいた。

「行ってきなよ。でも、遅くなりすぎないようにね」

「はい！」

ひかりは笑顔で返事をした。

「天体観測なんて初めてです。ええっと……流れ星にお願いすると、願いがかなうんでしたっけ？」

「そうね。流れ星が消える前に、3回お願いを言えばかなうって言われてるわ」

「3回……それって結構難しいんじゃないですか？　流れ星って、一瞬で消えちゃいますよね」

「ふふ。実際は、あっ流れ星！　って思ってる間に消えちゃうわね」

「やっぱり……」

「だから、そんな不可能に近いことができるくらいの強い願いなら、いつかかなうってことなのかも」

「そっか……。それで願い事を3回、なんですね」

ひかりが納得したように呟くと、ほのかはちょっといたずらっぽく笑って言った。

「なぎさだったら、チョコチョコチョコって言いそうよね」

「ふふふ。なぎささんらしいですね」

ひかりは明るく笑う。そんなひかりをほのかは目を細めて見つめた。

「よかった、元気そうで」

ほのかの意図がピンとこなくて、ひかりはハテナの顔でほのかを見返す。

「さっき、ひかりさんがいつもと違って見えたような気がしたから。まるで……」

「まるで？」

「まるで、ふわってどこか遠くへ行っちゃいそうな……」

ほのかはそこまで言うと、すぐに言葉を打ち消した。

「なんて、そんなことあるわけないのにね」

ひかりはなんて返したらいいのかわからなくて、ほのかから視線をはずす。適当に笑って会話を終わらせてしまうのは簡単だけど、それが正しいことなのか、とっさにはわからない。

「ほのかさん、私――」

ひかりの喉元まで、いろんな気持ちがせり上がってくる。

自分は誰なのか、何をすればいいのか。クイーンの生命ってなんなのか。何も理解できないままだけど、たまに聞こえる不思議な声が、ひかりに寄り添ってくれていること。だからひかりも、太陽みたいに誰かを照らしていたいと思えたこと。

言ってしまいたいことは山のようにある。だけどひかりの口をついて出たのは、そのどれでもなかった。

「……空が、綺麗ですね」

「え？」

「あんまり綺麗な空なので、見とれていたんです。だからそんなふうに見えたのかも」

ほのかは予想外なひかりのセリフに目を瞬かせたものの、すぐにいつもの穏やかな表情になって空を見上げた。

「そうね。いい天気だから、きっと星もよく見えるわ」

ほのかはひかりに向き直る。

「それじゃあ、また後で。若葉台《わかばだい》の駅で待ってるね！」

「はい！」

タコカフェの広場から去ろうとするほのかの後ろ姿を、ひかりは見送る。

が、一度背を向けたほのかはまたひかりの元に戻ってくると、一言いった。

「何かあったら、私やなぎさに相談してね。無理にとは言わないけど、そうしてもらったら嬉しいな」

ほのかはそっと、ひかりの腕に触れる。

「じゃあね」

そしてほのかは今度こそ、タコカフェから去っていく。

ひかりは誰にも聞こえない声で呟いた。

「ありがとうございます」

私はこの世界でひとりぼっちなんかじゃない。その事実をあらためて知らされて、体の芯が温かくなっていくみたいだった。

「いっぱいポポ……」

ほのかの背中が遠のき、ほとんど見えなくなった時。ふいにポルンの声がぽつりと聞こえた。

ひかりはアカネからさりげなく距離を取って、エプロンのポケットに入れているポルンのコミューンを開いた。

「ポルン、どうしたの？」

ポルンはまだ寝ぼけているのか、遠くを見るような表情をしている。いつものワガママハイテンションとはあまり結び付かない、ぼんやりした顔だ。

「いっぱいポポ……ぎゅうぎゅうポポ……」

ポルンは意味のわからないことを、夢見るような口調で繰り返す。

「いっぱいとかぎゅうぎゅうって、何が……？」

ひかりは妙な様子のポルンに、心配そうに問いかける。

「ポルンにも……わからないポポ……」

ポルンはそう返すと、また目を閉じて眠ってしまった。

「ポルン……？」

やっぱり、寝ぼけてたんだろうか。

ひかりは胸の奥で何かがざわつくのを感じながら、静かにコミューンを閉じた。

それから数時間後。

ひかりは若葉台の駅でなぎさやほのか、科学部のみんなと集合し、天体観測の場所へやってきた。

ここは若葉台からそう遠くない、森林公園《しんりんこうえん》の丘。

すっかり夜の帳《とばり》がおりていて、懐中電灯で足元を照らさないと危ないくらいだ。

明日も晴天なのか、夜雲は少ない。田舎にきたワケではないから満天の星とはいかないけれど、周りに家やビルの灯りがないぶん、普段よりも星の輝きははっきりしていた。

みんなはそれぞれ、星座を探したり、おしゃべりに花を咲かせたりしつつ、望遠鏡や三脚を設置している。

そんななか、なぎさが素っ頓狂な声を出した。

「あれー?」

なぎさは設置された望遠鏡をのぞき込んでいる。

「ねえ、これなんにも見えないよ?」

なぎさは顔を上げ、望遠鏡を指さす。

「ひかりも見てみて」

すぐ近くにいたひかりも、望遠鏡をのぞいてみる。するとなぎさの言った通り、その中はまったくの暗闇だ。

「おかしいですね……あっ」

ひかりは望遠鏡ののぞき口から顔を離しかけた。しかしその時、暗闇だったレンズの中に青いものが映り込んだように見えた。

ひかりは慌てて、もう一度望遠鏡をのぞく。

やっぱりそれは、見間違いではなかった。真っ暗闇の空間に、青く丸い星がぽっかり浮かんでいる。

よく見ると青一色ではなくて、白や、かすかに緑も見える。また青も、ソーダ水のような薄い青から、藍色に近いような濃い青までの幅があって、決して均一ではない。

闇に浮かぶその姿は、どこか神々しいほど美しく、ひかりは感嘆の声を上げた。

「わあ……！」

「えっ、なになに？　なんか見えた？」

隣のなぎさが言う。ひかりは交代しようとしたが、すると青い星はふるふると震え始めた。

「え？」

ひかりは、望遠鏡が揺れているのかと思った。けれど次の瞬間、青い星は横に長い楕円《だえん》形《けい》へと変形し始める。

そしてあっという間に、星は2つに分離する。ついさっきまで、暗闇にひとつ浮かんでいた星が、今では双子となって、そっくりな分身と2つ並んでいる。

「ええっ!?」

ひかりは驚きのあまり、望遠鏡から顔を上げた。

「そんなにすごいもんが見えたの？　宇宙人でもいた？」

なぎさはわくわくした様子で望遠鏡をのぞいた。

しかし、すぐに不満そうな声をもらす。

「なんだ、やっぱりなんにも見えないよ？」

「え？　そんなはずは……」

そこに、カメラの設置を終えたほのかが近寄ってきた。ほのかは望遠鏡をのぞいたままでいるなぎさの姿を見ると、コホンと咳払いをして言った。

「なぎさ、キャップをしたままよ？」

ほのかは望遠鏡の先端についた黒いキャップをはずす。

「あっ、ホントだ。あははは……」

なぎさは顔を上げて、恥ずかしそうに笑った。周りの科学部員たちからも、なぎさのおっちょこちょいに笑いがもれる。

しかしひかりは笑うことができなかった。

「でも、さっき確かに青い星が見えたんです」

「青い星？」

ほのかが聞き返す。

「はい。暗い宇宙の中に、青くて白い……虹の園そっくりの星が浮かんでたんです」

なぎさが望遠鏡のキャップを確かめながら言う。

「だけど、キャップしたままだったんだよ？」

「そう、ですよね……」

事実として、望遠鏡にはキャップがついたままだった。星が見えるはずはない。

ひかりはもう一度、望遠鏡をのぞいてみる。が、見えたのはピントのずれた、ぼんやりとした星の光で、さっきの青い星とは似ても似つかない。

けげんそうなひかりに、ほのかは柔らかく言った。

「ひかりさんが見たものは何か、わからないけど……地球みたいな惑星が、太陽系にあるとは……」

思えないわね、と、ほのかは言外に言う。

「そうですか……。じゃあ、私の見間違いだったのかも」

ひかりは、そう自分を納得させるしかなかった。

ふと、なぎさはほのかの持っているものに気がつく。

なぎさはそれを指して尋ねた。

「ねえ、それってなに？」

「これ？　アストロラーベっていうの」

ほのかの手にあるのは、鈍い金色をした円盤で、周りにぐるりと目盛りのようなものがついている。内側には細かな数字や外国の文字、針などがあって、時計のようにも羅針盤のようにも見える。

「え？　明日はラーメン？」

なんでいきなりそんなこと言いだすの？　という顔で、なぎさはほのかを見る。

「ううん、アストロラーベ」

「ああ……ラーべね」

なぎさは自分の聞き間違いに気づきつつ、曖昧にうなずき、ほのかからアストロラーべを受け取った。

今まで見たこともないそれを、なぎさは裏返したり、指でなぞったりしてみる。

くすんだ色合いといい、ずっしりとした重さといい、アンティークな雰囲気がある。なんだか魔法使いの鞄に入っていそうだ。

なぎさはそれを充分に点検してから言った。

「わかった！　海賊の宝の地図でしょ！　月の光をあてると、お宝のほうに導いてくれるみたいな！」

「残念、違います」

ほのかにあっさり不正解を告げられて、なぎさはガクッと肩を落とした。

「ひかりさんは、なんだと思う？」

ひかりはなぎさからアストロラーベを受け取る。そしてなぎさと同じく、物珍しそうにそれを見てから答えた。

「なんでしょう。ずっと昔の時計とか？」

「そう！　天体観測器でね、緯度と時間を計測するための道具なの。天体の高度を測り、緯度がわかっていれば、太陽や特定の星の位置から時間を割り出すようにセットできるんだって」

「星の位置から時間を割り出すんですか？　大変そうですね」

ひかりが素直な感想を口にすると、なぎさが横から言った。

「でもなんかそういうのって、マロンチックだよね！　今でも使えるの？」

「使えるはず、なんだけど使い方がよくわからなくて。ついでに、ロマンチックね」

ほのかはすっかり慣れきった調子でなぎさの言い間違いを正しつつ、カチャカチャとアストロラーベの盤を回す。アストロラーベはいくつもの目盛りと円盤が組み合わさっていて、使いこなすのはいかにも難しそうだ。

なぎさはふうんと言って尋ねた。

「っていうか、なんでそんなの持ってるの？　ミップルみたいに、あの蔵の中で発見したとか？」

「これは去年の誕生日に、お父さんがくれたものなの。イギリスで買ったんだって」

「イギリス！　さっすがおしゃれだなあー」

「やっぱり、古いものなんですか？」

「うーん……お父さんは100年くらい前の有名な科学者が持っていたものだって言ってたけど……お父さんの言うこと、たまに当てにならないから」

ほのかの両親は、世界を飛び回るアートディーラーだ。ほのかは祖母のさなえとふたりで暮らしていて、両親が帰ってくるのは年に数えるほど。だから帰国のたびに、大量のお土産を持ち帰ってくる。特にほのかの誕生日は大変で、両親は持ちきれないくらいのプレゼントと一緒に帰ってくるのだった。自分たちはほのかの誕生日プレゼントを買うためにこの仕事をしているようなもの、らしい。

さらに父親はアートディーラーとしては確かな目を持っている反面、人がいいのか夢を求めているのか、たまに怪しげなものを買ってくる。幸運を呼ぶ竜の鱗《うろこ》だとか、今では失われた大陸で使われていた茶碗だとか。

雪城家の蔵には、祖先から伝わる品々に混じって、そんな胡散臭《うさんくさ》いものもしまわれているのだった。

ほのかがアストロラーべの円盤をいじっていると、突然科学部の何人かが、わあっと声を上げた。彼女たちの視線に釣られて、ほのかたち3人も空を見上げる。

そこでは長く尾を引く流れ星が、夜空に消えていこうとしていた。

「あっ！」

ほのかとひかりも歓声を上げる。なぎさは慌てて言った。

「えっとえっと……チョコチョコチョコ！」

それは素晴らしい反応速度だったけれど、なぎさが言い終わるより早く流れ星は消えてしまった。

「ああ～、惜しいっ」

悔しそうなぎさの横で、ほのかとひかりは顔を見合わせ、ぱちくりまばたきした。

それから同時に笑い出す。

「あははは はっ」

「ふふふ……」

なぎさは、なぜかいきなり笑い出したふたりに首を傾げた。

「え、急にどうしたの？」

「だって……」

ひかりはそれだけ答えたが、またすぐに吹き出して笑い続ける。なぎさは困惑して言った。

「そんなにおかしかった？　私のお願い」

「ううん、そうじゃなくて……ふふ」

ほのかも説明を試みようとするが、こみ上げてくる笑いに邪魔されてうまくしゃべれない。

ふたりは苦しそうに笑い続ける。ひとりワケがわからないなぎさは、もどかしそうに言った。

「ねえ、なんで笑ってるのよお！」

――それからしばらく経って、一同は用意したレジャーシートに腰を下ろした。

今日も日が暮れてからは、すっかり肌寒くなった。ここは小高い丘の上なので、なおさらだ。みんな厚い上着を着込んでいる。

みんなの足元には、ユリコが雰囲気出るでしょ、と言って持ってきたランタンとキャンプ用の湯沸かし器がある。ヤカンの下の受け皿で落ち葉や小枝を燃やしお湯を沸かすものだ。火はなぎさがさっき四苦八苦しながらどうにかつけたばかりで、ヤカンはまだしんとしている。

代わりに、三脚に固定されたカメラが1分間に一度の間隔で自動的にシャッターを切る音が聞こえてくる。断続的にシャッターを切ることで、星の軌道が線となった軌道写真を撮ることができるのだ。それを撮影することが、今回の天体観測の目的だった。……みんなで夜に集まって、わいわいしたいというのが本当の目的かもしれないけど。

レジャーシートの端では、星座盤を持ったユリコが1年生に星空をレクチャーしている。

「この時期に見やすいのは、春の大三角ね。アルクトゥールス、スピカ、デネボラ。みんな明るい星だからわかりやすいでしょ？」

ユリコが星を指さし、1年生がその先を見上げる。

「それから星座じゃないけど、北斗七星も見えるよね。ほら、星が7つひしゃくの形になってるでしょ？　北斗七星は形が面白いし、明るい2等星が多く集まってるから見つけやすくて、世界中で様々な伝承になってるんだ。神様の乗り物って言われたり、大きな熊のスプーンだっていう話もあるんだって」

1年生は感心したように、へえ～と呟く。ユリコは得意げに言った。

「ウンチク女王ならぬ、ウンチク姫って呼んでもいいからね？」

しかしすぐに、1年生のひとりが言った。

「あれ？　でも北斗七星なのに、星が8個あるみたい」

「またまた、そんなはずないでしょ」

ユリコは笑って北斗七星を構成する星の数を数える。

「……6、7、8。ん？　……おかしいなあ」

ユリコはもう一度北斗七星を数え直す。しかし結果は同じ。

それを何度か繰り返していると、1年生は言った。

「あれ、北斗七星じゃないんじゃないですか？」

「そんなはずは……」

「きっと違う星ですよ。普段は見えない星も見えてるから……」

「お、おかしいなあ。あの形は絶対、北斗七星だと思うんだけど……」

ユリコはたじたじと言うが、北斗八星なんて聞いたこともない。ついさっきまで胸を張って北斗七星の説明をしていただけに、ユリコはしゅんと小さくなった。

なぎさは、レジャーシートにごろりと仰向けた。

なぎさもほのかもひかりも、星空に見入っていてユリコたちの声はほとんど耳に入ってこない。BGMのように通り過ぎていく。

「……なんか、すっごく遠いところに来た気分」

なぎさの呟きに、ほのかもひかりも同じ思いだった。

ちょっと離れると顔が見えない暗闇。虫の鳴き声。草の匂い。

普段の生活圏から電車ですぐなのに、とてもそうは思えない。中学生だけで舟に乗って、無人島にたどり着いたみたいだ。

ランタンの揺らめく火の灯りと、ヤカンの銀。それにほのかのアストロラーベがいかにも冒険らしい雰囲気で、無性にわくわく、どきどきする。

「夜って、暗いなあ」

ひかりが言った。

「そうね。いつもはそんなこと、気にかけることもないけど……」

ほのかとひかりも、なぎさにならって仰向けに寝転ぶ。

広い夜空は圧倒的な静寂と暗闇でもって、ひかりたちの上に覆いかぶさってくる。

黒い天幕に穴を開けたような星たちは、小指の先よりももっと小さく輝いている。けれど本当は、ほとんどが惑星である地球なんか比べ物にならない大きさの恒星で、ひかりたちはそれを遥か遠くから眺めている。さらに今見ている星の輝きは、現在のものじゃなく、気が遠くなるほどの昔に放たれた光で、宇宙はそれよりもっともっと昔からあって……。

それは知識として知ってはいても、実感を持って納得することなんてとてもできない。

なぎさが、ぽつりと言った。

「宇宙って、でぇっっっっかいよねえ」

ほのかはなぎさの口真似をして応える。

「確かにとぉっっっても大きいわね」

さらにひかりも同じ口調で言った。

「どのくらいおぉっっっっきいんだろう？」

「東京ドーム、何個分？」

ほのかは少しだけどう答えたものか迷う様子を見せてから、口を開く。

「それは、まだ誰にもわかってないの」

「誰にも？」

「人が計測できる範囲だけでも、何百億光年っていう広さがあることはわかってるわ。でも、人が計測可能な宇宙は、全体からみるとほんの一部だろうって言われてるの」

「ほんと不思議だよね。こんなに科学が発達してるのに」

なぎさとひかりは、寝転がったままほのかのほうに顔を向けた。

ほのかは頭上に広がる宇宙を瞳に映し、その神秘に想いを馳せるように話す。

「宇宙の広さも、その始まりも、確実なことは何もわかっていないの。確かに科学は進歩したけど、この世界はまだまだ謎に包まれてるのよね……」

「そうなんだ……。あれ？ でも宇宙の始まりって、ビッグバンっていう大爆発じゃなかったっけ？」

なぎさが言うと、ほのかもひかりも意外そうな表情を浮かべた。すぐにほのかから明瞭な返事が返ってくると思っていたなぎさは、予想外の沈黙がやってきて頭の上にハテナマークを掲げる。

　するとその沈黙の意図を、鼻にかかったあの声が言葉にした。

「なぎさどうしたメポ？　そんな難しい言葉をなぎさが間違わずに言うなんて、具合が悪いメポ？」

　なぎさのベルトループに引っかかっているメップルが、コミューンから顔をのぞかせている。

「失礼ね。私だってそれくらいのこと知ってるんだから」

「でも、ほのかもひかりも意外って顔してるメポ」

「そんなワケないでしょ。メップルじゃないんだから。ねっ！」

　なぎさはふたりに同意を求める。けれど返ってきたのは、乾いた笑いだった。

「アハハ……」

「……ちょっと、その顔はなにい～？」

　なぎさはふたりに詰め寄るように言ったが、ほのかとひかりはノーコメントを貫く。

「それより、メップルもミップルと一緒に星空を眺めたいメポ！」

「ミップルもミポ！　ふたりだけで見上げる星空……ロマンチックミポ」

　今度はほのかがショルダーバッグのように肩から提《さ》げているミップルが顔を出す。そしてひかりのポルンがひときわ大きい声で言う。

「ポルンも遊ぶポポ！」

と同時に、ユリコが言った。

「ねえ、今なんかヘンな声聞こえなかった？」

なぎさたちはギクッと体を強張らせる。

「美墨さんたちのほうから聞こえてきたみたいだけど」

なぎさたち3人は上半身を起こし、ユリコのほうを向く。内心では滝の汗をかきながら、なぎさは言った。

「なんでもない！ ひとり言！」

「でも、美墨さんの声じゃなかったよ？」

「ええっと、前に言わなかったっけ？ ほのかと腹話術コンテストに出るって。腹話術の時って、いつもの声とは違う声になるんだよね〜。ホラ、こんな声メポ？」

なぎさは精一杯、メップルの声を真似てみせる。

「腹話術コンテスト、頑張るミポ！」

「わ、私も最近、チームに加わりました……ポポ」

なぎさとほのかは、同じような修羅場《しゅらば》を同じような方法で、もう何度もごまかしてきている。さすがに堂に入った裏声だが、ひかりはまだ恥ずかしさが残っていて、お世辞にもうまいとは言えない。とてもポルンの声には聞こえないが、そんなこと、この場ではどうでもいいことだった。

それよりも、ほのかと腹話術という到底結び付きそうにないワードに静かな衝撃が走る。

「あの雪城先輩が……」

なぎさとほのかは学内では有名な存在で、ふたりに憧れる生徒も多い。特に科学部にはほのかを慕う後輩がたくさんいる。

それだけに驚きは大きい。この前のおやじギャグといい、雪城先輩はどうしたのだろうか……。

ユリコもこれにはさすがにとまどいを隠せない様子で、

「そ、そっか。頑張って……」

と、深く突っ込まない姿勢を見せた。

「よかった。なんとかごまかせたみたい」

なぎさが小声で言う。

「あんまり、よくない気がするんだけど……」

嘆くほのかに、ミップルが声をひそめて話しかける。

「ほのか、メップルとポルンと遊びにいってきていいミポ？」

「うん……。でも暗いから、あんまり遠くに行かないでね」

それを聞くとミップルたちはコミューンから元の姿に戻り、夜の闇にまぎれて茂みのほうへ走っていった。

「ミップルに一番似合う星を探すメポ！」

「嬉しいミポ。惚れ直しちゃうミポ」

「鬼ごっこするポポ！　ミップル鬼ポポ」

「せっかくのムードを邪魔しないで欲しいメポ！」

そんな会話が聞こえないかヒヤヒヤしながら、3人は彼らを見送る。

ひかりはポルンの姿が見えなくなると言った。

「やっぱり来てよかった。ポルン、嬉しそう」

なぎさはふたたびごろりと横になる。

「まったくいつもいつも騒がしいんだから。……それで、なんの話だっけ？」

「確か、ビッグバンの話だったような……。宇宙はビッグバンから始まったんじゃないのかって」

ひかりが言うと、ほのかはうなずいた。

「一般的に、ビッグバンからこの宇宙は始まったと言われてるわよね。だけど、ビッグバンが起こる前、時間も空間もない世界には何があったのか。ビッグバンの起こるきっかけはなんだったのか……そういうことは、まだ証明できないでいるの」

「時間も空間もない？　それ、全っ然想像できないんだけど」

「私もよ。だけど時間と空間っていうのは、案外曖昧なものかもしれないの」

なぎさとひかりには、ほのかが言うことの意味がわからない。時間も空間も確かにここにあって、それがないなんてことは絶対あり得ないからだ。

「例えば、素粒子っていう、物質を構成する一番小さいものを観察すると、それは時間的な制約も、空間的な制約も受けていないことがわかるんだって。素粒子には過去も未来も一緒で、あっちもこっちも同じ。そう考えると、なぎさはここにいるように見えて、本当は違うところにも同時に存在していて、それは何百年も前かもしれないの」

「ええっ？　なにそれ？　あり得ないでしょ！」

「不思議よね。もちろん、あくまで理論上のことだけど。科学とファンタジーって、正反対のもののように思うでしょ？　でも、可能性の数だけ世界が存在しているっていう理論が物理学の視点から研究されたり、意外と近しいものなのかも」

なぎさは目をまんまるにして、ほへ～……と間の抜けた声を出した。自分は確かにここにいて、他にはどこにもいない。同時にどこか違う場所に存在している自分を感知してみようとしても、当然ながらまったくピンとこない。だからそんなことはあり得ない、となぎさは思うけれど、素粒子だとか科学がどうとか言われてしまうと、どう返したらいいのかわからない。

しかし、どうやらひかりは違うみたいだった。

「そういうことも、あるかもしれませんね」

ひかりはあっさりとほのかの言うことを受けとめる。

「目に見えるものがすべてじゃない。気がつかないだけで、私たちの身の回りにはたくさんの奇跡が起こっているのかも」

ひかりが言うと、その言葉には説得力があった。そもそもひかりが今ここにいること自体、常識で説明するのは難しい。

ひかりは広大な夜空を見上げる。

あの優しい声は聞こえてこなかったけど、それを構成するかけらが、目には見えないほどのほんの小さな光となって、遠くに近くに、過去に未来に今に行き渡って、自分を見守っている。ひかりは、そんな気がした。

足元で、ヤカンがカタカタと音を立てる。お湯が沸いたらしい。

ユリコが嬉しそうに言った。

「お！　お待ちかねのティータイムがやってきました！」

ユリコがヤカンの中に、いくつか紅茶のティーバッグを入れた。

それから用意してあった紙コップが、全員に配られる。みんながランタンの周りに集まってくる。

次々に紙コップの中に、紅茶が入れられていく。続いて、お砂糖とミルクが入った容器も回ってきた。

なぎさはお砂糖もミルクもたっぷり、ほのかはミルクだけ、ひかりはどちらも少しずつ入れる。

あたりに紅茶のいい匂いが漂う。ひとくち飲むと、その匂いが口いっぱいに広がって、じんわり体の芯が温まった。

「んーっ、最高！」

なぎさが全員の感想を代弁する。

ひかりも両手で紙コップを持って、そっと口をつけた。

アカネの作るたこ焼きやクレープも大好きだけど、この紅茶は特別においしく思える。

ひかりは自然と頬が緩むのを感じた。

それからランタンを囲んで、みんなでおしゃべりをした。

学校のウワサ話、恋の話、たまにちょっぴり星座の話も。どれも他愛のない話だけど、何度も笑い声が湧く。

夜は毎日訪れるけれど、同じ夜空は二度とこない。今しかない夜空の下、楽しい時間をわかち合った。

第3章　ガンコ一徹!?　働く大人たち！

都心のオフィス街にそびえ立つ、背の高いビル。白い壁に、正方形と長方形を組み合わせたような格好、きっちりと規則正しく並ぶ無数の窓という外装はありふれたもので、周りに居並ぶ高層ビル群の中に完全に溶け込んでいる。

清掃の行き届いた広いこのオフィスは、中尾や野田、かつてはアカネも勤めた総合商社のものだ。

中尾は今、自分のデスクについてパソコン作業をしている。そのパソコンにはたくさんの付せんが貼られ、デスク周りは片づけきれない書類などでやや乱れている。同僚が旅行のお土産で買ってきたお菓子なども置いてあって、雑然とした雰囲気だ。

中尾が速いテンポでキーボードをたたいていると、同僚ふたり組から声をかけられた。

「中尾、昼飯行かないか」

中尾は手の動きを止めて、パソコン画面の時計を見る。いつの間にか、1時を少し過ぎていた。

「うわっ、もうこんな時間か」

中尾は慌てて椅子から立ち上がる。

「悪い。今日はこれから行かなきゃいけないところがあるんだ」

「何、もしかして藤田先輩のとこ？」

同僚のひとりが、にやりとして中尾に尋ねる。中尾は椅子の背もたれに掛けていたスーツのジャケットをはおりつつ、それを否定する。

「違うよ」

その表情には、かすかに照れがにじんでいる。

もうひとりの同僚は、意外そうにアカネの名前を繰り返した。

「藤田先輩って、あの藤田先輩？」

「お前、知らないのか？　中尾のやつ、藤田先輩のとこに押しかけて、デートに誘っ
……」

「よけいなこと言わんでいいっ！」

中尾は同僚の頭を軽く小突いて、足早に目的地へと向かった。

駆け足で廊下に出て、エレベーターに滑り込む。

1階のエントランスホールに到着すると、すぐに待ち合わせた人の姿が目についた。

「野田、待たせたか」

広いエントランスホールの隅にちょこんと立っていた野田は、中尾を発見すると小走りで駆け寄ってくる。

「はい、10分ほど」

野田はごく当たり前な顔で言う。中尾は、こういう時に社交辞令を使わない野田の性格に内心苦笑いしつつ、謝った。

「ごめん。……じゃ、行こうか」

野田がうなずき、ふたりはぴかぴかに磨き上げられた自動ドアから外へ出た。

社内から一歩外に出たとたん、花の甘い香りが鼻腔《びこう》に流れ込んでくる。緑の少ない都心ではあるが、正面玄関の周りには、道沿いに木々が整備されて植わっている。

初夏らしく、空気はカラッとしていて、暖かい。空はみずみずしいような青空だ。

いい天気だなあ。そんなありふれた感想が、自然と中尾の胸に浮かんでくる。すると同時に、隣の野田が呟いた。

「いい天気ですねえ」

そのあまりのタイミングのよさに、中尾は思わず笑みをこぼした。

「？　私、なんか変なこと言いましたか？」

「いや、本当にその通りだなと思って」

「それだけですか？」

「ああ。それだけ」

ふうんと野田が呟く。

ふたりは二手にわかれた道を右に行き、駅へと向かう。と、前方から恰幅《かっぷく》のいい40代後半の男性が歩いてくる。中尾や野田の直属の上司である、本田《ほんだ》部長だ。

中尾と野田は彼に気づいて頭を下げた。

「お疲れさまです、部長」

中尾が言う。部長は立ち止まり、ハンカチで額を押さえながら応じた。

「お疲れ。昼飯か？」

「いえ、くすのき製作所に向かうところです」

「例の問題か。ああいうことは原因をきちんと突き止めておかないとな」

「はい。よく話を聞いてきます」

「頼んだよ、じゃあ。……そうだ、この前うまい鰻屋を見つけたんだよ。今度連れてってやる」

「わ、ありがとうございます。楽しみにしていますね」

「ああ、期待していいぞ」

部長は人のいい笑顔で言うと、忙しそうに会社のほうへ向かっていった。

中尾と野田は、彼とは反対の方向に、肩を並べて歩いていく。


電車を乗り継いで、中尾と野田はくすのき製作所にやってきた。

郊外の住宅地にある製作所は、どちらかというと手狭で、従業員の数も多くはない。名前の通り工場の裏には背の高い楠《くすのき》があって、古びた屋根に枝葉をのっけている。

ここには、たくさんの音があった。重い金属が強い力でたたかれる、鈍くて大きな音。金属が刃で断たれる、鋭く高い音。それから、バーナーから火花が散るパチパチという音。

大小様々な音に囲まれ、中尾は普段よりも大きな声で言った。

「こんにちは！　三《み》ツ丸《まる》商事の中尾です！」

製作所の中はコンクリートの床に飾り気のない高い天井で、素人目にはまったく使い方のわからない機械がいくつも置いてある。

小さく繊細な動きを絶えず繰り返し、部品らしきものをしきりに吐き出すものや、ぴくりとも動かずたまにランプを点滅させるだけの巨大なマシンなどいろいろだ。しかし共通して、どれも年季を感じさせ、このくすのき製作所という空間によくなじんでいる。オフィスに並ぶパソコンの、どこか白々しい雰囲気とはかけ離れている。

中尾が声をかけると、機材の陰から所長が顔を出した。所長は中尾と野田を見ると、少し面倒くさそうな表情を浮かべる。

それでも一応かぶっていた緑色のキャップをはずし、ふたりのほうへ歩み寄る。

「またあんたらか……」

彼は愛想無く言った。

ひょろりと高い身長に、白いひげ、白髪の角刈り。肌は日に焼けていて、目はぎょろっと良く光る。

彼が不機嫌な声を出すと結構迫力があるものの、中尾と野田はもう慣れっこになっていた。

中尾は所長とは反対に、愛想のいい笑みを作る。

「申し訳ありません。管理上の数字と現物の数字が、やはりどうしても合わなくて」

「だから、そりゃあそっちの間違いだろう。うちは言った通りの数を納品してるよ」

「それをもう一度確認させていただきたいんです。お時間ちょうだいできますか？」

中尾が言うと、所長は深々とため息をついた。

「はあ……。わかったよ、あんたらも大変だねえ」

「ありがとうございます」

所長に促されて、ふたりは工場に隣接している応接用の小部屋に通された。ここだけは床もコンクリートではなくフローリングで、壁にもところどころ剝がれかけてはいるが、白い壁紙が張ってある。

小部屋の主要な置物は、パイプ椅子が４脚と、簡素なテーブルだけ。

３人はそれぞれ、ぎゅっと音の鳴るパイプ椅子に腰掛けた。

野田が鞄からパソコンと紙の厚い資料を取り出して、テーブルの上に置く。野田はそれを指さしながら説明した。

「御社にはソーラーパネル設置用の台座を、全部で１００台お願いしています。１００台の納品期限は来月末、その半分の50台の納品期限を、先月末とさせていただいていました。……ここまでは、間違いないでしょうか」

「その話なら、つい2～3日前にもしたと思うがね」

「はい、そうでした。で、間違いはありませんか？」

所長の嫌みにも動じず、野田は確認を繰り返す。物怖じしない後輩に中尾は一瞬冷や汗をかきそうになるが、所長は意外にも素直に、

「ああ間違いないよ」

と答えた。

野田は続ける。

「しかし作業の遅れのため、先週の期日には40台の納品となりました。これは中尾が北島《きたじま》所長から連絡を受け、また書類上もそのようになっています」

野田はテーブルの上の納品書を指さす。そこには納品数40と確かに記されていた。

「私も、そのように連絡を受けたことはよく覚えています」

中尾もそう付け足した。

所長は苦い顔で言う。

「見ての通り、小さい工場なもんでね」

野田は話を進める。

「しかし……奇妙なことに、うちの倉庫にはすでに80台の設置台があるんです」

「そりゃ、確かに奇妙だな」

言葉とは裏腹に、所長はうんざりした調子で言った。3日前に野田が訪ねてきた時にも同じ話を聞いたし、さらにその前、中尾からも電話で同じ報告を受けている。もう耳にタコ状態だった。

「おおかた数え間違いでもしてるんだろう」

しかし野田はそれをきっぱりと否定する。

「それはあり得ません。私と中尾がこの目でしっかりと確認してきました。写真だってあります」

野田はパソコンを操作して、倉庫の写真を表示した。そこには数多くの設置台が写っている。ぱっと見で正確な数はわからないが、確かに40よりは多そうだ。

所長はちらりとそれを見ると、ちょっと間を置いてから言った。

「……こういうのは考えられないか。あんたらの会社の誰かが、手違いで他の工場にも同じ発注をした。それでこういう事態が起こってる」

今度は中尾が、軽くうなずいてから口を開く。

「我々もその線を疑い、徹底的に調査しました。しかしデータを調べてもそういった痕跡はなく、もちろん心当たりがあると言う人物もおりません。またネットワークウイルス、サーバーの異常も入念にチェックをしましたが、やはり問題は見つからず……」

「そりゃあ、他に発注したヤツが証拠を消してすっとぼけてんのさ。怒られたくないからな」

「データの改ざんは、そう簡単にできるものではありませんよ」

「そんなこと、オレが知るかい」

中尾に反論されて、所長はますます機嫌を損ねたように吐き捨てた。

「それで、結局どうしろっていうんだ。うちは絶対に40しか納品してない。フル稼働してるが、最終的な期限にトータルで１００台、間に合わせられるかも怪しいくらいだ。現状のペースで80ってのはあり得ないね」

所長は胸ポケットからタバコを取り出して、口にくわえた。テーブルの上にあったマッチで火をつけると、鉄とオイルの匂いにタバコの煙が混ざる。

所長は深く煙を吸い込んで話を続けた。

「しかしあんたらの倉庫にはすでに80台、うちのものがあると言う。んじゃあ、うちはあといくつ納品すりゃいいんだ？　20か、60か」

中尾と野田は口を閉ざした。たくさんの匂いと音の入り混じる小部屋から、人の声が消える。

やがて野田が、言いにくそうに口を開いた。

「それは……」

しかし中尾がさりげなくそれを制し、静かな、けれどきっぱりとした口調で告げる。

「あと20台、お願いします」

タバコの煙が、ぼわんとお化けみたいな形を作りながら天井に上っていく。所長は、それを見つめながら応える。

「しかし、そっちとしては１００台分の予算を実行するつもりなんだろう？　うちとしては納品した台数と受け取る金額に開きが出る。それはマズイ……」

「……それでしばらく様子を見ましょう。事の原因さえはっきりすれば、お互い納得のいく着地点も見えてくると思います」

ふーっとしぶしぶ了解したようなため息を漏らしてから所長は続けた。

「しかしこれだけは言っておく。やってもいないことに対する金は受け取れん。これはここで働くすべての従業員に共通した想いだ」

中尾は眉を寄せる。

発注数が１００で現物も１００となれば、やはり１００台分の支払いをしないわけにはいかないだろう。

数字の齟齬《そご》は、会社という組織にとって、あってはならないことだ。上司だって、こんな不思議な事情を説明したって納得してくれないだろう。

しかし所長の言うことはもっともだった。

所長はタバコを灰皿に押しつけ、さっさと立ち上がった。

「悪いが、あんたらの数合わせに付き合う気はないってことさ。わかったら、そろそろ仕事に戻らせてくれ」

「所長さん……」

工場へ戻ろうとする所長を、中尾が引き止める。しかし所長は振り返りもせず、小部屋から出ていってしまった。

「……どうしたらいいんでしょう」

野田が呟く。

中尾は複雑そうな表情で沈黙している。あの頑固一徹といった感じの所長を、果たして説得することができるだろうか。中尾は心の中で自問するが、あまりいい答えは出ない。

その時ふと、中尾の脳裏にアカネの顔が浮かんで消えた。中尾と一緒に働いていた頃の、スーツを着たアカネだ。

アカネはいつでも周りの意見や風潮、固定観念といったものに振り回されず、自分に正直でいた。そんな彼女の仕事はひたむきで、必ずしも効率的とは言えなかったけれど、人の心を惹きつける何かがあった。当時入社したばかりだった中尾も、アカネの仕事への姿勢にはたくさんのことを教えてもらった覚えがある。

そしてアカネ自身は、会社を辞めた今でも変わっていない。

けれど……自分はどうだろう？

中尾の中にそんな疑問が湧く。そして、自分自身の中にあったモヤモヤとしたものの存在に気づいた。それは自分でもその存在に薄々気づきながら、見て見ぬフリをしていたものだった。

「……所長さんが言うことはもっともだ。僕たちだって、この件に関して全然納得できてないんだから」

野田は中尾を見上げる。

「もっともっと、原因を調べなくちゃだめだ。今まで調べたことももう一度見直して……。それが唯一の、僕たちにできることだ」

野田は、驚いたように目を見開いた。所長にあんなことを言われた後なのに、中尾の顔がいつになく晴れ晴れとして見えたからだ。

野田は、にっこり笑ってうなずいた。

「はい！　この野田、どこまでもついていきます！」

大げさなその物言いに、中尾は彼らしい、困ったような笑いを浮かべた。

第4章　トラップ注意！　サーカス小屋は大混戦！

鬱蒼とした森にそびえる洋館の中で、ビブリスは窓辺に佇んでいた。

ビブリスがいるのは、細長いテーブルと暖炉のある一室だ。ビブリスから少し離れたところでは、金髪の少年が執事ザケンナーA、Bと共にボールを追いかけている。

「待ってくださいザケンナ！　そんなに速く走ったら危ないですザケンナ」

「あははっ！」

「ゆっくり！　ゆっくり走るですザケンナ！」

今日も今日とて、デコボココンビのザケンナーは少年の遊びに振り回されているらしい。

少年と2体のザケンナーの遊ぶ様子は、暗い窓ガラスに映っている。ビブリスは彼らの様子と、窓に映る自分自身をぼんやりと見るでもなく見つめているようだ。

彼女の表情はわかりにくいけれど、いつもよりも若干、唇のあたりに憂鬱な影が落ちているみたいに見える。

「……感じるか、ビブリス」

足音もなく近づいてきたサーキュラスが、ビブリスに声をかけた。ビブリスは窓越しにサーキュラスを見て答える。

「ああ。……ヤツが、くる」

サーキュラスはビブリスにうなずいた。

「ヤツがくる前に、我々はあのお方の成長の邪魔となり得るもの……プリキュアを排除しなくてはならない」

「やってやるさ。そうじゃなきゃ、アタシたちの存在する価値はない」

執事ザケンナーAがボールをふんわり投げる。しかし少年はそれをキャッチできず、ボールは開けたままになっていた扉から廊下へ出ていった。少年はボールを追いかけ、ザケンナーA、Bもまた彼を追って出ていく。

彼らがいなくなると、室内は急に静かになった。

あたりを森に囲まれた洋館の夜は、怖いほどの静寂に満ちている。夕暮れ時にはカラスの鳴き声が聞こえるが、今はそれもない。

しんと静まり返ったなかで、サーキュラスは半ばひとり言のように言った。

「おかしなものだな、この感覚は」

語らずとも、ビブリスにはサーキュラスの言うことがわかった。

それは、骨が振動するような感覚だった。その振動が、『ヤツ』が近いことをビブリスたちに教える。

ビブリスたちは、『ヤツ』に会ったこともない。その名前も知らない。しかし、骨の振動を通してビブリスたちは理解する。自分たちが、『ヤツ』の先鋒として存在していること。その使命以外には、すべきことも、したいこともない。ただその使命のためだけに生かされている、ということを。

しかしビブリスは、それになんの悲哀も感じなかった。むしろ自らの使命には、誇りにも似た感覚を持っていた。

ビブリスは振り返って、サーキュラスを見上げる。サーキュラスもまた、自分と同じように使命を受け入れている。そのことが、直感的にわかった。

そこに、ズシンズシンと大きな足音が近づいてくる。

やがて廊下から、ウラガノスがその巨体を現した。

「ん？　ふたりでなにやってんだ？」

ウラガノスは扉をくぐるようにして、室内に入ってくる。

サーキュラスはウラガノスに尋ねた。

「ウラガノス。お前も感じるか？」

「へ？」

ウラガノスはきょとんとサーキュラスを見返す。

「感じるだろう」

「かん、じる……？」

ウラガノスは呆《ほう》けた顔で、サーキュラスの言葉を繰り返す。

その数秒後、ああ！　と言って手を打った。

ビブリスとサーキュラスは、ややほっとしたように息を吐く。

「そういや、腹が減って起きてきたんだった」

ウラガノスはテーブルの上にのっていた紙箱を開ける。その中のシュークリームを、手づかみで食べ始めた。

「夜中のシュークリームは最高だな」

ウラガノスはとても満足そうに、シュークリームを次々食べまくる。その頰に白いクリームがつく。

「………」

サーキュラスとビブリスは、あきれかえってウラガノスを見つめた。

ウラガノスはその視線に気づくと、ふたりとシュークリームを代わる代わる見てから、いかにもしぶしぶといった感じで言った。

「お前たちも、食いたい？」


天体観測の次の日、ほのかとなぎさは理科室にいた。

今はお昼休み。なぎさはメップルのコミューンがついたバッグを机に置いて、満面の笑みで言った。

「さあ！　待ちに待ったお弁当の時間でーす！」

なぎさはバッグを開けて、お弁当箱を出す。

「なぎさ、授業中にお腹鳴ってたでしょ」

「げっ、ほのかのとこまで聞こえてた？」

4時間目の数学の時間、なぎさは盛大にお腹の虫を鳴らしてしまったのだ。

ほのかとなぎさの席はそれほど近くない。ほのかにまで聞こえていたということは、クラス全体に響き渡っていたと考えたほうがよさそうだ。

「っていうか、咳払いでうまくごまかせたと思ったのに」

「あの咳払いは、やっぱりそういう意味だったんだ」

お腹を鳴らしたなぎさのわざとらしい咳払いを思い出して、ほのかは笑った。

「完璧な演技だと思ったんだけどなー」

ぼやきつつ、なぎさはお弁当箱を開ける。中には一口カツやウインナー、シュウマイなどガッツリ系のものが野菜と一緒に詰められている。

「おおっ！　好きなものばっかり」

なぎさは目を輝かせる。一瞬にしてお腹の虫事件のことは頭から吹き飛んでしまったみたいだ。

いただきまーす！　と元気に言って、なぎさはお弁当を食べ始める。

その隣で、ほのかもお弁当を広げようとバッグを開ける。そこにユリコが姿を現した。

「お待たせー」

ユリコもほのかとなぎさのいる机に着席した。

「ユリコ。昨日はありがとう。いろいろ用意してくれて」

「ありがと！　とっても楽しかった！」

ユリコはランタンと湯沸かし器、それに家族から借りたカメラも持ってきてくれた。

三脚は他の部員が持ってきていたが、結構な荷物だっただろう。

「ううん。ふたりのおかげで私も楽しかったよ。……なんだけど」

「なんだけど？」

ほのかに聞き返されて、ユリコはバッグから大きな封筒を取り出した。

「写真、できたのね？」

ほのかは嬉しそうに尋ねる。

今日、科学部の活動はない。しかし昨日の写真をいち早く見せてもらうため、ほのかとなぎさはユリコとお昼休みに待ち合わせしていたのだった。

「まあ、見てみてよ」

が、そう言うユリコの顔色はさえない。

ほのかは言われた通り封筒から写真を出した。それを見てほのかは、あ……と小さく呟く。

「これ……」

軌道写真とは、数十秒に1回、一定の間隔でシャッターを切ることによって天体の動きを捉え、星の軌道が線となって現れる写真を言う。しかしほのかが封筒から出した写真の星々は、子どもの落書きのようにぐちゃぐちゃの線を描いていた。本来なら、美しい曲線となるはずなのに。

「何がいけなかったのかしら……」

「たぶん、三脚がうまく固定されてなかったんだと思う。そうするとこういうふうになっちゃうらしいし」

「そう……。残念ね」

「はあ。憧れの軌道写真、撮りたかったなあー」

ほのかとユリコは、がっかりした表情で失敗した軌道写真を見る。

けれどなぎさは、それをのぞき込んで言った。

「キレー！　そんなの撮れんの⁉」

「……キレイに、見える？」

ユリコは眉を下げてなぎさに聞く。なぎさはなんの迷いもなく、うなずいた。

「うん！　すっごく！」

ほのかとユリコにとっては失敗した写真でも、軌道写真に詳しくないなぎさから見れば、それは幻想的な美しさの写真だった。

なぎさにそう言われると、ユリコの顔にようやく笑みが訪れた。

「……ありがとう。なんか救われた気分」

「え？　私、なんか言った？」

「別に。さあ、私もお弁当食べようっと！」

ユリコはバッグからお弁当を取り出す。

「私も。早く食べなきゃ」

ほのかもバッグの中をのぞく。と、ほのかは突然、驚きの声を上げた。

「どうしたの？　もしかしてお弁当忘れた？」

なぎさがタコさんウインナーを口に放りつつ言った。ほのかはびっくり顔のまま、ゆっくりと首を左右に振った。

ほのかは無言のまま、バッグからお弁当箱を出す。右手にはいつものお弁当箱。そして左手にも、まったく同じお弁当箱が。

ユリコはあっけにとられて一瞬動きを停止したが、なぎさはすかさず言った。

「ほのか、ラッキー！」

「え？」

「おばあちゃんが、間違えて2つ入れちゃったんじゃないの？」

「まさか。お弁当は私の分しかないから、そんなことはないと思うわ」

「じゃあ、なんで？」

なぎさに問われると、ほのかは首を傾げることしかできない。

もしかして、さなえは今日どこかに出かける予定で、自分の分もお弁当を作ったのだろうか。けれど今朝お弁当を受け取った時、ほのかは確かにひとつしかバッグに入れていない。そもそも、このお弁当箱は同じものが2つもあっただろうか……？

数々の疑問が、一瞬のうちにほのかの頭の中をかけめぐる。

「ビックリだね。ひとりでどっちも食べられる？」

ユリコに言われて、ほのかは我に返る。

すでに自分のお弁当箱を空にしたなぎさは、積極的に言った。

「助けが必要だったら、いつでも言ってね！」

「う、うん。じゃあお言葉に甘えて、手伝ってもらおうかな」

「やった！　ほのかのおばあちゃんの手料理、おいしいんだよねー！」

なぎさは嬉々として、空になったお弁当をしまう。すると——。

「ええっ⁉」

次はなぎさが驚きの声を出した。

なぎさは固まって、ほのかとユリコを順々に見る。

どうしたの？　と、視線でふたりが尋ねると、なぎさはそろりそろりと、バッグからお弁当箱を取り出した。２つの、お弁当箱を。

「うそっ！」

ほのかは息をのんだ。

ほのかだけじゃなく、なぎさにも同じことが起きるなんて。あらかじめ２つお弁当を用意してきたのでないことは、なぎさの表情によって明らかだ。

信じられない出来事に、３人は押し黙るしかなかった。

「……これ、絶対おかしいわ」

最初に口を開いたのは、ほのかだった。

「こういうおかしなことが起きる時は、たいていあの人たちが……」

なぎさは、ほのかの言葉にハッとして頭を上げる。

「それじゃあ……」

なぎさはゴクリと唾をのみ込んで、言った。

「急いで食べなきゃ！　あいつらが現れる前にっ！」

なぎさは素早くお弁当箱のふたを開け、一口カツを頬張る。ほのかはガクッとずっこけそうになるのをあやうくこらえた。

「あの人たちって、何？」

ユリコが尋ねる。しかしユリコはそれを言い終わるか終わらないかのうちに、まぶたを閉じ、机に突っ伏した。

「ユリコ？」

ほのかがユリコの肩に手をかけるが、ユリコはぴくりとも動かない。

窓の外は、いつの間にか紫色の不穏な空に覆われている。間違いなく、闇の者たちがすぐそばに来ていた。

「――行かなきゃ！」

ほのかがミップルのコミューンを手に走り出す。

「あ、ほっとまっひぇっ！」

なぎさはタコさんウインナーと卵焼きを頬張って、ほのかを追いかけた。


なぎさとほのかは階段を駆け下り、昇降口を出た。

不気味な空に覆われたグラウンドに走る。そこは学校とは思えないくらいしんとして、いつもの活気が少しも感じられない。

そんな人気《ひとけ》のないグラウンドの真ん中に、すらりと直立するビブリスの姿があった。

「やっぱり……！　さっきのも、あなたの仕業ね⁉」

ビブリスはふたりを認めると、不敵な笑みを浮かべる。

「来たね」

瞳のない翠《みどり》の目のビブリスの笑みは、見る者をぞっとさせる気迫がある。しかしなぎさは、臆さずに言った。

「お弁当を増やしたりして、どういうつもりなの⁉」

ビブリスはなぎさの言葉に笑みを消し、不審そうな表情を見せる。

「お弁当……？　なんのハナシ？」

「とぼけないで！　あんたたちしか、あんなことできるはずないんだから！」

「ワケのわからないことを。……まあいい」

ビブリスは苛立たしそうに言うと、身にまとっていた紫色のマントを剝ぎ取った。

「無駄な話をする気はないさ。ザケンナーよ！」

ビブリスはマントをばさりと空中に放る。空から闇の塊、ザケンナーが落ちてきて、ビブリスのマントへ入った。

マントはひとりでに動き出し、空中で形を変える。

全体の面積がぐっと大きくなり、立体的に変形し——あっという間に、それはテントのような形になった。天井が三角錐《さんかくすい》の、サーカスみたいなテント小屋だ。地の色は紫で、そこに黄色の星マークや色とりどりの風船、動物の絵などが描いてある。

さらにその中央に、ザケンナーの徴《しるし》である、鋭く釣りあがった目が2つ並んでいる。

「ザケンナ――！」

ザケンナーはふたりを脅かすように吠えた。テント小屋の入り口が、口のように動く。

その中は恐ろしく真っ赤だ。

なぎさとほのかは一歩退いた。

「なぎささん！　ほのかさん！」

ひかりの声が背後から飛んでくる。振り向くと、ひかりが昇降口のほうから駆けてくるところだった。

「みんな急に眠り込んでしまって……まさかと思ったら――」

ひかりは息を切らして、ふたりの隣にやってきた。

その時、コミューンからメップルが叫ぶ。

「変身するメポ！」

「うん！」

なぎさとほのかはメップルとミップルのコミューンを手にし、強く手を握り合った。

「デュアル・オーロラ・ウェイブ！」

ふたり同時に叫び、まぶしい光がその体を覆う。

制服を着ていたなぎさとほのかが、黒と白の、光の使者へと変身を遂げていく。

ブラックはダンッと力強く、ホワイトは華麗に地面に着地した。

「光の使者　キュアブラック！」

「光の使者　キュアホワイト！」

「ふたりはプリキュア！」

そしてポルンがひかりに言う。

「ひかり、変身するポポ！」

続いてひかりも、ポルンのコミューンに手をかざす。

「ルミナス！　シャイニングストリーム！」

ひかりの三つ編みの髪が解け、ふわりと広がる。ピンクと黄色のコスチュームが自然とひかりの体にまとわり、彼女をシャイニールミナスへと変えていく。

「輝く生命《いのち》！　シャイニールミナス！」

ルミナスは、声高く言う。

「光の心と光の意志、すべてをひとつにするために！」

「とっととおうちに帰りなさい！」

ブラックは力強くザケンナーを指さした。

「……え？」

いつもとは若干違うかけ声になり、ホワイトはとまどいの目でブラックを見る。

「……あれ？」

ブラックもやっとかけ声の順番が違ったことに気づいたのか、とぼけた顔を見せる。

しかしザケンナーにはそんなことどうでもいい。テント小屋のザケンナーは、真っ赤な口を開いて3人に襲いかかった。

「ごめん！　間違えた！」

走りくるザケンナーを横に飛んで避けつつ、ブラックが謝る。

「そんなこと言ってる場合じゃないわ！」

ホワイトとルミナスも高く飛び跳ねて、ザケンナーをかわす。それぞれ地面に降り立ち、ザケンナーから適切な距離を取る。

ザケンナーは宙に浮遊し、3人の隙をうかがっている。

ザケンナーは何を依《よ》り代《しろ》とするかによって、攻撃のバリエーションが様々だ。今回ビブリスのマントに乗り移ったザケンナーは、どんな攻撃をしてくるのか。近距離型の相手なのか、遠距離戦を得意とする相手なのか。わからない限り、うかつに動くことはできない。

ホワイトはそう考えている。しかし、そんなことはまるで気にしないがむしゃらなヤツが約1名、ここにいる。

「だあーっ！」

ブラックは一気に距離を詰め、ザケンナーに拳をたたき込む。ブラックのスピードに乗った拳と蹴りが、交互にザケンナーに入る。

ザケンナーはそれを避けようともしない。ただ釣りあがった目と口を歪《ゆが》めて、ブラックの攻撃を嘲笑《あざわら》うような表情を浮かべる。薄い布でできたザケンナーに、物理的な攻撃は通用しないらしい。

「こんのっ――！」

ブラックは一層力を込めて、ザケンナーのたたきがいのない体に拳を埋め込む。が、やっぱりきいている様子はない。

ブラックは見切りをつけ、一度ザケンナーから飛びのいた。

「あいつ、全然――」

ブラックが言いかける。そこに、ホワイトの鬼気迫る声がかぶさった。

「ブラック！　後ろ！」

ブラックの背後には、目にもとまらない速さで現れたビブリスが立っていた。

「！」

ビブリスの手刀《てがたな》が、空気を裂いてブラックのうなじを襲う。ブラックは反射的に体を曲げて、直撃を避けた。しかしかすかに手刀が首元をかすった。

「……っ！」

ブラックは苦痛に顔を歪め、素早くビブリスから逃れた。

ビブリスの手刀はほんの少し触れただけなのに、そのダメージは指先までジンジンと痺れるほどだ。ブラックの首筋にははっきりと赤い線がついていた。

「さすがに素早いね。だけど……」

ブラックはビブリスに向かってダッシュし、右脚を振り上げる。ビブリスはそれを確実な動きでガードした。

「はあっ！　はあっ！」

ブラックは何度も何度も、続けざまに拳と脚を繰り出す。ビブリスの右肩、腹、左膝、ぐるりと背後にジャンプして背を狙う。

しかしビブリスはどれも完全にブラックの動きを見切っていて、まったく労せず、すべての攻撃を手のひらで受けとめる。

「あのバカと同じ。力が入り過ぎだよ」

それは、不思議な感覚だった。

ブラックは力の限り拳をたたき込んでいるのに、それを受けるビブリスの体の力が、急にふわりと抜けた。ブラックは思わず体勢を崩す。するとビブリスは、ほんの少しの力でブラックの背中の一点を押した。それは戦いの最中の動作とは思えないほど、弱い力だった。

しかし、体勢を崩しかけた体の、最も弱い点を的確に押されたように、ブラックは盛大に脚をもつれさせて転んだ。

そしてブラックの転ぶ先には、大きく口を開けたザケンナーが。

「わっ、わっ、わっ！」

ブラックは両腕を振り回して必死にバランスを取り戻そうとする。が、それも虚しくブラックはテントザケンナーの口の中に消えてしまった。

「ダメっ！」

駆け寄ったルミナスが、ブラックの腕をつかもうとしてザケンナーの口に手を入れる。しかしミイラ取りがミイラとなって、ルミナスもブラック共々、その中へ消えていく。

「ブラック！　ルミナス！」

ホワイトもそこに駆けつける。ふたりを呑み込んだザケンナーは、笑うように声を上げた。

「ザケンナー!!」

「――っ！」

ホワイトの顔に動揺が浮かぶ。その隙を見逃すビブリスではなかった。

「あんたも行きな！」

ビブリスはホワイトの脚を払う。ホワイトはバランスを崩して、ザケンナーの中に転がり落ちてしまう。

「きゃあああああっ！」

真っ赤な空間の中、ホワイトは真っ逆さまに落ちていく。

外から見たザケンナーの大きさよりも、内側はずっと大きいらしい。

どこまでもどこまでも、落下は続き……やがてぽよんっという衝撃がやってきた。

「痛……くない？」

あんなに落ちたのだから、かなりの衝撃を覚悟していた。けれど実際に訪れたのは、何か弾力のあるものの上に落っこちたような、柔らかい手応えだ。

それもそのはず、ホワイトが落ちたのは硬い地面ではなく、トランポリンの上だった。

ホワイトは上から落っこちた反動で、何度かトランポリンの弾力に跳ね飛ばされる。それもだんだん弱くなり、ホワイトはぺたりとトランポリンの上に座った。

「ここは……？」

ホワイトはあたりを見回す。

直径30メートルくらいの丸い空間。薄暗いオレンジ色の照明。あちこちに浮かぶ、カラフルな風船。そして天井から伸びる空中ブランコに、ホワイトより大きなボール、燃え盛る火の輪などがあった。その他にも、ぬいぐるみや手品のグッズ、プレゼントの山など、たくさんの物が散在している。

どう見てもサーカス小屋だ。サーカスのテントみたいな形のザケンナーの中には、本当にサーカス会場が広がっていたらしい。

ホワイトが言葉を失《な》くしていると、ブラックとルミナスが駆けてきた。

「ホワイト！　大丈夫ですか⁉」

ルミナスが言う。

「私は大丈夫。だけどここは……」

「サーカス、ですよね」

ホワイトはトランポリンから降りて、ブラックとルミナスの隣に立った。

ホワイトとルミナスはとまどいがちにあたりを眺めているが、ブラックはどこか嬉しそうだ。

「サーカスなんて懐かしいなあ。子どもの頃、1回行ったきりだもん」

ブラックはテントの中央にあるものを見つけて、あっと声を出す。

そこには巨大なプレゼントの箱があった。水玉模様のリボンに包まれた、絵に描いたようなプレゼントボックスだ。ただし一辺が2メートルくらいはありそうな大きさだけれど。

「なんだろあれ！　ちょっと気にならない？」

ブラックは箱のほうへ足を向ける。ホワイトは緊張感のある声で言った。

「気をつけて！　罠《わな》かもしれないわ。ていうか、絶対、罠！」

「私も、すごく嫌な予感がします」

しかしブラックはのん気でいる。

「大丈夫。ここってザケンナーのお腹の中でしょ？　今よりヤバい状況なんてそうそうないよ」

ブラックはあっさりとプレゼントのリボンを解いた。すると箱のふたがひとりでに開く。

中から現れたのは、

「ザケンナー！」

「ザケンナ、ザケンナー！」

大量のザケンナーだった！

物体を依り代にしていない、純粋な闇の塊のようなザケンナーが次から次へと無数に飛び出してくる。

「きゃあああ～！」

その物凄い数に圧倒されて、３人は回れ右して逃げ出した。

「だから言ったのに！」

「こんなことだろうと思いました！」

「ご、ごめんーっ！」

３人は全速力で駆ける。

追ってくるのは数え切れないほどのザケンナー集団だ。捕まってしまえばたちまち取り囲まれてしまうだろう。

プレゼントの山を崩し、えいっと火の輪をくぐり、ぬいぐるみを踏んづけて、３人はひたすら逃げまくる。

しかしやがて、ザケンナーの中のすばしっこいヤツが集団から飛び抜けた。そいつはひとっ飛びして、ルミナスめがけてやってくる。

「イヤっ⁉」

ルミナスは慌ててジャンプし、なんとかそれをかわした。けれどほっとしたのは一瞬だけ。ルミナスが着地したのは、自分よりも大きい玉乗り用のボールの上だった。

「ひゃ、ひゃ～⁉　なんですかこれーっ！」

ボールはころころ転がり出す。ルミナスはその上で落ちないように、とっさに足を動かした。するとボールはますます加速する。必然的にルミナスの足の動きも速くならざるを得ず、ルミナスのパニックはより大きくなる。

「ど、どうしたらいいんですかあ⁉」

「ルミナス！　落ち着いて！」

ホワイトが言う。ブラックとホワイトもザケンナー集団から追われ続けているため、簡単にルミナスを助けることはできない。

ルミナスは悲鳴をあげながら、何度も落っこちそうになっては奇跡的に体勢を立て直して玉乗りを続ける。立ち止まってボールから降りたいけれど、一瞬でも足を止めたらすぐに転げ落ちてしまいそうで、それもかなわない。

しかし玉乗りの訓練なんか受けたこともないルミナスが、いつまでも奇跡を続けることは不可能だ。足がもつれ、ついに落下する——と思った瞬間、ブラックが叫んだ。

「ルミナス！　飛んで！」

見ると、なんとかザケンナー集団をまいたブラックが、ルミナスのボールと並走している。

ルミナスは考える暇もなく、ただ反射的にジャンプした。そしてルミナスが離れたボールを、ブラックがおもいきり蹴り飛ばす！

ルミナスは無事地面に着地、巨大ボールはホワイトを追いかけているザケンナー集団に向かって飛んでいった。

ボールは見事ザケンナー集団にヒットして、多くのザケンナーを巻き込みながら飛んでいく。

「よっし！」

ブラックはガッツポーズを決める。

……しかしそれにはまだ早かった。

ブラックの蹴ったボールが、あっという間に転がり戻ってきたのだ。よく見ると、さっきまでは普通のボールだったはずなのに、今ではザケンナーであることを示す顔がくっついている。どうやらボールに巻き込まれたザケンナーが、ボールに憑依《ひょうい》したらしい。

ボールは転がりながら、ブラックを狙ってやってくる。

「ザケンナー!!」

今度はブラックが悲鳴を上げて逃げる番だった。

「わあ～～～っ！」

勢いに乗ったボールは速い。ブラックも走って逃げるが、すぐに距離を詰められる。

このままじゃ轢《ひ》かれる、とブラックが冷たい汗をかく。

その時、走るブラックの前に現れたのは１本の梯子《はしご》だった。ブラックはとっさにそれに登る。するとボールは、ブラックの真下を通過していった。ボールでは梯子を登ることはできない。

が、ブラックの行動は吉と出たのか凶と出たのか。今度はボールに憑依しなかった、闇の塊のザケンナーたちが梯子を登ってくる。

「もう、しつこーいっ！」

ブラックに逃げ場所はない。ただ梯子を登るしか選択肢はなかった。

その梯子も、すぐにてっぺんまで登りきってしまう。これ以上どこにも行けず、すぐ下までザケンナーたちが迫ってきている。

どうする⁉　ブラックの目にとまったのは、ブランコだった。この梯子は、空中ブランコにつながる梯子だったのだ。

梯子を登る先頭のザケンナーが、ブラックの足首に手を伸ばす。闇色の手に触れられると、何か生命の根源が揺さぶられるような、これ以上ないくらいの悪寒《おかん》と本能的な嫌悪が走る。

イチかバチか、もうやるしかない。

空中ブランコは、公園にあるブランコとはだいぶ違う。普通のブランコの鎖にあたる部分は細く頼りない紐のようなもので、乗る部分も細く丸い木の棒がたった1本あるだけだ。

ブラックはその木の棒を膝の裏で挟み込むようにし、細い紐を強く握りしめた。

とたんに視界が大きく揺れて、耳にゴオオッと空気の流れていく音が入り込む。凄まじいスピードでサーカス小屋の景色が流れていく。

「ぎゃあああ～っ！　あ、あり得ないーー！」

おそるおそる下を見ると、地面が果てしなく遠い。しかも全体重をこの膝の裏で挟み込んだ木の棒に預けるのはとても無理のある体勢で、長い間続きそうにない。

しかしそれよりも恐ろしいことに、ブラックは気づいてしまう。ブランコは今、ザケンナーたちのいる梯子から急速に離れていっている。けれどブランコは、行ったら戻るもの。すぐにあのザケンナーたちのところへ、自ら突っ込むことになる！

梯子を登りきったザケンナー数体は、ニヤニヤ顔でブラックを待ちかまえている。

どうすりゃいいの⁉　とブラックが心の中で叫んだ瞬間だった。

「ブラック！」

声のした前方を見ると、ホワイトが反対側の空中ブランコに乗り、ぐんぐん近づいてくるところだった。

ホワイトは膝の裏で、座席代わりである木の棒を挟んだまま、体を逆さまにして両手を宙に投げ出している。

ブラックもホワイトのその体勢には見覚えがあった。子どもの時に見たサーカスで、空中ブランコ乗りはああやって、もう一方のブランコ乗りの両手をつかんでいた。

ホワイトの意図をすぐに理解したブラックは、全神経を集中する。

そしてホワイトとの距離が最も近くなった一瞬、恐れを捨てて紐を持つ手を放し、差し出されたホワイトの両手をキャッチした。

素晴らしく息のあった動きで、ザケンナーのほうには空のブランコだけが戻っていく。

「ブラック、放すよ？」

ブラックはふたたび下を見る。確かに高いけれど、少し冷静に見れば、プリキュアである今、着地できない高さではない。さらに、近くにはホワイトを受けとめたトランポリンもあることに気づいた。

「うん！」

ブラックが返事をすると、ホワイトはブラックの手を放し、自分も木の棒から脚を放して、くるくると回転しながらトランポリンに降り立った。

「助かったよ、ホワイト」

「ううん。だけど……」

ふたりはトランポリンから地面に降りる。

危機は過ぎたかのような気分だけど、まったくそんなことはない。事態は相変わらずで、ふたりは周囲をザケンナー集団に囲まれていた。

そこにルミナスも駆け寄ってくる。

ブラックが言った。

「やっぱ、こいつら全員相手にするしかないの？」

するとルミナスが天井を指さして言った。

「あの、あれを見てください」

空中ブランコが釣り下がっている天井の真ん中を、３人は見上げる。そこには小さな紫があった。赤に囲まれたこのサーカス小屋で、その紫はとても異質な感じだった。

「あれは……空⁉」

ブラックが言った。闇の者たちが現れている時の不穏な空の色に、それはそっくりだった。ホワイトが続く。

「そうだわ。入ってきたんだから、必ず出口があるはず」

「だけどあんなに高いところ、どうやって登ればいいんでしょう……」

そのルミナスの疑問に答えたのは、ブラックだった。

「わかんないけど……私たちにできることを、やるしかない！」

ブラックは拳を握りしめる。

すべてを語らずとも、ふたりにはその意味がわかった。うなずいて、ブラックに賛成する。

ブラックとホワイトは手をつないだ。

「ブラックサンダー！」

「ホワイトサンダー！」

黒と白の稲妻が、ふたりの元に出現する。

「プリキュアの美しき魂が！」

「邪悪な心を打ち砕く！」

ふたりは同時に叫ぶ。

「プリキュア・マーブル・スクリュー!」

そしてさらに力を込め――

「マックスー!!」

黒と白の光の束がひとつに絡み合い、凄まじいエネルギーを生み出しながら、テント小屋の天井にまっすぐ向かっていく。

光は天井に到達する。けれど天井はそれに耐え、なかなか形を崩そうとしない。

「力を合わせるポポ!」

ポルンが言うと、遥かかなたの上空を、巨大なハーティエルバトンが、ルミナスに引き寄せられるようにしてやってくる。

虹の園と呼ばれているこの地球の大海原に、大きなハートの形を映しながら。

それは球状の地球の周りを飛び、やがて上空から向きを変えてルミナスに届く。ルミナスの上に、ハートの形をした金色の影が落ちる。

ハーティエルバトンはいつもの大きさに収まりつつ、ルミナスの元へ降下する。

右手でしっかりとそれを受けとめるルミナス。くるくるとハーティエルバトンを扱い、やがて自らの体の前にそれを差し出す。

と、七色の猛烈な光が現れて、前方にいるブラックとホワイトを包み込んだ。

光の中でブラックが両腕を回し、バシッとポーズを決めて叫ぶ。

「みなぎる勇気！」

続いてホワイトも同様の仕草で、声を張り上げる。

「あふれる希望！」

そしてルミナスが、凛とした声で言った。

「光り輝く絆とともに！」

ブラックとホワイトはお互いの手を握って、それぞれの残ったほうの拳を脇にためる。

ふたりは声を揃えて叫ぶ。

「エキストリーム！」

ルミナスが続き――

「ルミナリオ――!!」

ブラックとホワイトの足が、ダンッ！　と大地を踏みたたく。

空中に七色の光の塊が現れ、それは勢いよく天井めがけて発射される。

３人の力が混ざり合い、お互いを増強し合う。

テント小屋の中は光で満ち溢れ、ザケンナーたちは苦しげにうめく。天井の空に向かう光の柱が、力強く立ち上っていく。

やがてすべてが真っ白に見えるくらい、光が溢れると――ボンッという爆発のような音とともに、３人は宙に投げ出された。

「わっ！」

あたりは白い煙が薄く漂っている。

その煙が晴れると、ビブリスの姿が現れた。ビブリスの隣では、テントザケンナーがゴメンナーになって散っていく。

ビブリスは驚きの表情で言った。

「まさか出てくるとはね……！」

頭上には紫の空が大きく広がっている。目の前には学校の校舎。ザケンナーに呑み込まれた時のグラウンドに戻ってこられたみたいだ。

力を出し切って、３人とも息は荒い。それでもブラックはビブリスを指さし、強気に言った。

「さあ！　次は何する気⁉」

ビブリスは悔しそうに頬を強張らせる。

いよいよビブリスとの戦いが始まる。３人は覚悟して、緊張感を新たにする……が。

不意に、低く重々しい声が、どこからか降ってくる。

「これがプリキュアと……シャイニールミナスの力か」

「⁉」

ブラックたちの前に、空から一筋の闇が落ちる。円柱の、黒より黒い闇だ。

そこからぬっと、ひとりの男が現れた。

闇色の体、髪、瞳のない目、顔だけが薄く緑がかった皮膚で、耳は鋭くとがっている。背はかなり高く、がっちりと鍛え抜かれた体格をしている。それに暗い赤の服を着て、長いマントをまとった彼は、異様なオーラを放っていた。

恐怖、絶望、虚無――。

彼は、そういったものの権現であるように、見るものすべてに畏れを与えるのか。

ビブリスやサーキュラスたちとは比較にならない、絶対的な存在感がそこにはあった。

「お前は……！　バルデス！」

ビブリスは彼を認めると、目を大きく見開いて動揺を示した。ビブリスの骨が、振動する。その振動が、聞いたこともない彼の名をビブリスに悟らせる。

しかし彼はビブリスにはかまわず、ブラック、ホワイト、ルミナスを順に見つめる。

その暗い目に射られると、３人は自分の存在が足元から崩れ去るかのような危機感に襲われた。

――この人にも、これまでと同じように、立ち向かっていかなくちゃいけないの？

３人の胸に恐怖が生まれる。嫌だ。頭の中で警報が鳴るのを感じて、３人は立ちすくむ。

「あ、あんた……一体何者なの⁉」

ブラックは無理矢理に口を開いた。そうすることで、この場から逃げ出したくなるような感覚にふたをしたかったのかもしれない。

息が苦しい。彼が現れた瞬間から、空気が重く変質したみたいだ。

隣のビブリスすら、どこか萎縮《いしゅく》しているように見える。

しかし彼はそんなこと歯牙にもかけず、余裕のある動作であたりを見回した。

「虹の園……。思ったよりも、崩壊が進んでいるようだ」

彼の目には、何が映っているのか。それはこの場にいる誰にもわからなかった。

「ちょっと、質問に答えなさいよ！」

彼はブラックに顔を向ける。しかし取るに足らないものを見るような表情で、ふんと鼻を鳴らした。

彼は何かを追い払うように、右手を少し振る。それだけでブラックたち3人は見えない衝撃波のようなものを食らって吹っ飛ばされる。

「ああ――っ！」

3人は地面にたたきつけられた。

彼はひとり言のように呟く。

「まずはあのお方のところへ行かなくては」

そしてそれ以上は3人を見もしないまま、足元に現れた闇の中に、ビブリスもろとも消えていった――……。

一面に淡い色の花々が咲き渡り、ほのかに甘い匂いが空気の中に漂う。空は地上の花々を映したように、優しい様々な色合いを含む。住民はそれぞれ個性はあるものの善良なものたちばかりで、踊りを踊ったり、お話を読んだり、おいしいご飯を食べたりしながら、穏やかに日々を過ごす……。

そんな夢のような場所、光の園に、一閃《いっせん》の悲鳴が響き渡った。

「ぎょえええええー‼」

静かな光の園だけあって、その悲鳴は広範囲に響く。

ピクニックの最中だった住民は、今まさに口に入れようとしていたサンドイッチを手から落とし、楽器を弾いていた住民は音をはずし、眠りかけていた赤ちゃんは目を覚まして泣き出した。

しかし悲鳴の主はそんなこと知る由《よし》もない。

「大変だ大変だ大変だ！」

ひとりで言いながら、石の番人ウィズダムは光の宮殿の廊下を走っていた。

「長老、どこですか長老！」

長い衣を引きずりながら、ウィズダムは長老を呼ぶ。

扉を次々に開け、光の宮殿を上から下へかけめぐる。

「長老～！」

「ここじゃ」

ふいに通り過ぎた扉の陰から声をかけられ、ウィズダムは足に急ブレーキをかけた。長い衣が巻き込まれて転びそうになりつつも、急いで数歩戻り長老の前にやってくる。

「長老！　あれを見てください！　あれを！」

ウィズダムは宮殿の窓の外を指す。

そこには相変わらず、花々と空がどこまでも広がっている。のどかな風景だ。

「ん～？　なんか変わったことでもあるかの？」

「ありまくりですよ！　よく見てください！　あ、れ！」

ウィズダムはさらに力を込めて窓の外を指した。

そこには光の丘がある。かつてなぎさとほのかたちが集めたプリズムストーンの力を引き出すための場所だ。

それは光の園でも特に美しいところで、住民たちにも親しまれている。

「おおっ！　なんと……」

その光の丘が、今2つ並んで鎮座している。もちろん光の丘はひとつだけだったはずなのに。

「ね？　異常事態ですよ！」

ウィズダムが焦りをあらわにする。しかし長老はごくりと手に持っていたお茶を飲んで言った。

「今日もいい天気じゃのう。洗濯日和《せんたくびより》じゃ」

ウィズダムは盛大にずっこけた。

「だーっ！　違う！　光の丘！　2つになってるでしょうが！」

「そうか？　最近どうも目が悪くてのう」

長老は長くてぶっとい眉毛に隠れた目をこすった。ウィズダムはあきれてため息をつく。

「なるほど。光の丘が2つに……。ついに恐れていたことが起こったようじゃな」

ようやく事態を理解した長老が、しみじみと言った。

「恐れていたこと……？」

長老はうなずく。

「まったく正反対のものというのは、ある意味、ひとつのものの裏と表じゃ。我らのクイーンと、闇の帝王ジャアクキングのようにな。クイーンとジャアクキングは同じ頃に誕生し、離れたところにありながらも、常に互いに依存する存在じゃった。しかしジャアクキングはすべてを食い尽くすという性質上、この光の園と虹の園にまでその力を及ぼそうとした。伝説の戦士プリキュラの尽力により、それは防ぐことができたが……」

「流暢《りゅうちょう》にしゃべってるとこ恐縮ですが、プリキュ『ア』ですよ、長老。プ・リ・キュ・アッ！」

「その時にクイーンは力を使い果たし、姿を失うこととなった。それはジャアクキングも同様じゃがな」

長老は突っ込まれてもびくともしない。しかしウィズダムもそんな長老には慣れっこだ。ウィズダムは言った。

「生命とこころ、12の志となって散ったクイーンを、プリキュアが探し集めているところですが……」

しかしそれと光の丘が2つになったのと、どういう関係があるのかウィズダムにはわからない。

「それまで微妙なバランスをとることで世界を成り立たせていたクイーンとジャアクキングが姿を失った。とならば——次に訪れるのは、混沌《こんとん》じゃ」

「混沌……？」

「ひょっとすると、闇の力よりももっとやっかいなものかもしれん」

あっさりと恐ろしいことを言ってのけた長老に、ウィズダムは唾をのみ込む。

「混沌が訪れると、どうして光の丘が２つになるのですか？」

「それは――」

長老はウィズダムに目を向ける。

普段はすっとぼけてばかりいて、あまり頼りになる印象のない長老だが、今日は少しばかり違うらしい。やはり長老は長老なだけあって深遠な知識を持っているのだと、ウィズダムは思い知る。

長老は、かなりのためを作ってから口を開いた。

「わからんな」

ウィズダムは早くも本日２回目のずっこけをしなくてはならなかった。

「わかんないんなら、そんなにためないでくださいよ！」

長老はふむ、と自分の立派なひげを撫でる。

「混沌がどのような事態を引き起こすかは、誰にもわからん。しかし世界がそのバランスを崩した今、いかなる異常事態が起こってもおかしくはないのじゃ」

ずっこけ疲れたウィズダムは相槌を打つのもおっくうになって、黙ったまま長老を見つめた。

「混沌を止めることのできる可能性がある者は……そう、伝説の戦士プリ……キュ……ぐう」

長老はプリキュアの名前を言い終わる前に、突然寝息を立て始める。これには疲れたウィズダムも、もう一度突っ込まざるを得なかった。

「寝るな——!!」

そしてその声はふたたび住民のサンドイッチを落とし、楽器の音をはずさせ、赤ちゃんを起こすのだった。

第5章　どうする!?　悩める中尾!

中尾は、激しい暑さの中にいた。

凶暴なほどに強い太陽の陽射しが、皮膚をじりじりと焼いていく感覚がする。汗がとめどなく流れ、背中にシャツがべっとりと張りつく。

空気は埃っぽく乾燥していて、何かが腐ったような匂いが鼻につく。

足元には、青みがかって見えるほどに濃い緑の草が生い茂っている。それは中尾の膝を隠すくらいの長さだ。草はぎゅうぎゅうと狭苦しく茂って、見渡す限りずっと広がっている。

空気は乾燥しているのに、足元だけが湿っぽい。むんとした、暑くこもった空気が足元に沈殿している。

——僕は、どうしてここにいるんだ?

中尾は青い空を見上げて自問した。ここでは空の青と雲の白だけが、唯一涼しげだ。

自分の両手にはめられた灰色の軍手を見て、中尾はふと思い出す。

——この草を抜かなくちゃ。×××のために……。

そこに入る言葉がなんなのか、中尾にもわからない。しかしやらなくてはならないという気持ちだけが強くある。

ぼんやりとした、言語化できない目的のために、中尾は腰を下ろして草を抜く。

草取りは大変な作業だった。

背の高い草を根元から抜くのはかなりの力がいる。草を強く握って無理矢理抜くと、軍手を通して柔らかな刃物に手のひらを切られるような感じがした。

周りを虫が飛び回り、嫌な羽音を立てる。むせ返るような、緑と土と、腐ったような匂い。なによりもこの暑さが、１秒ごとに中尾の体力を奪う。

——ダメだ。これじゃあとても……。

中尾がくじけそうになると、目の前に鉈《なた》が差し出された。錆《さ》びかかった鉈は陽射しを浴びて、鈍く光る。

それを持っているのは、がりがりの少年だった。みすぼらしい服を着て、こんがり日焼けしている。

彼の目はやたらに大きくて、小さな顔の中でぎょろぎょろと輝いている。その目はまっすぐに中尾を見つめていた。

中尾はどこか妖怪じみた少年から、鉈を受け取った。それを振るってみると、草は手で抜くより格段にたやすく切ることができた。

——これなら、いけるかもしれない。

中尾は励まされて、鉈を一心に振るい続ける。

それを少年は、感情のわからない謎の笑みで見つめた。

そしてどれくらい経っただろう。

気がつくと、中尾の周りには人がたくさん集まっていた。誰もが鉈を差し出した少年によく似ていて、同じような体格に、同じような服を着ている。

彼らは手で、あるいは刃物で、草を刈っている。おかげで中尾の周りの草は、もうずいぶん片づいていた。

――どうして？

中尾は、とまどいを覚えた。

彼らの中には見たことのある顔もちらほらある。しかしそれも、この地に来てから二言三言、言葉を交わした程度の仲だ。

それ以外の人間は、見たこともないまったくの他人。

なのにどうして、彼らは自分に協力してくれるのだろう。頼んだわけでもないのに……。何か事情でもあるのだろうか。誰かに命じられてきたのか。

中尾は、彼らがここにいる理由を求めた。友人でも仲間でもない人間を、理由なしに助けるなんて中尾の常識では理解できない。それも炎天下の重労働だ。

――なにをしてるんですか？　申し訳ないけど、報酬は渡せませんよ。

中尾が言うと、先ほどの少年がニカッと笑った。その屈託《くったく》のない笑顔に、中尾は報酬なんて言葉を口にした、自分を恥じた。

「どう、して……」

空間が歪む。重力がなくなったみたいに、全身が妙に軽い。

草を刈る人々の姿が、蜃気楼《しんきろう》で揺らめく。

「どうして……」

中尾は、そう繰り返す自身の声で目が覚めた。

まぶたを開けると、オフホワイトの天井と壁が視界に入る。

額には汗をかいていた。ベッド横の窓は昨日閉め忘れたらしく開けっ放しで、陽射しが直に当たっていたようだ。

いつもの習慣で、壁にかかった時計を見上げる。いつもなら遅刻の時間だが、今日は出社の前に取引先に行く予定がある。それがお昼からの約束なので、まだ余裕があった。

中尾は息をついて、さっきの夢を思い出した。

あれは夢というより、ほとんど記憶だ。

数ヵ月前、中尾はソーラーパネルの最終的な納品先となる、いわゆる発展途上国と呼ばれる地域へ、現地調査に行った。

一応、生きていくことの大変さを人並みに味わっているとは思っていても、かなり物質的に整った環境の中で育った中尾にとって、やはりそこは異質な土地だった。目立った産業もこれといってなく、大部分を占める農地はそのほとんどが荒れ地と言っていい。福祉を云々する前に医療機関すらもろくに整備されていない。多くの子どもたちは学校へも行けず、見込みの少ない収穫のために荒れ地を耕す。出稼ぎのために数少ない都市に流れ込んだ子どもたちの中には、その日の生命をつなぐためにゴミを漁ることも余儀なくされている子もいる。

中尾がその国に滞在したのは1週間程度だったが、一度ちょっとした事件があった。ホテルの鍵を落としてしまったのだ。

ホテルの管理人に相談すると、マスターキーというものはなく、また鍵屋もこの村にはいないと言う。困りはてている様子の管理人に中尾は申し訳なさが募り、なんとか探してみると言って外へ出た。

その日中尾が歩いたのは、広大な草むらだった。この土地で最もポピュラーである牧羊の仕事を見学に行ったのだ。

他に歩いた道もたどってみたが、鍵は見つからない。あと可能性があるのは広い広い、半分は枯れてるんじゃないかと思わせるような草むらだけとなって、中尾は途方に暮れてしまった。夢で見たような、膝の上まである草むらではなかったけれど、その中から小さな鍵を探し出すのはとてつもなく骨の折れる作業だ。

しかしとにかくやるしかないと、中尾は腰を下ろして鍵探しを始めた。

太陽は中天に昇り、気温はぐんぐん上がっていく。すぐに滝のように汗が溢れ出て、シャツが肌に張りついた。

無数の羽虫が耳元で不快な音を立て、草の蒸した青臭い匂いが鼻をつく。

中尾は30分も経たないうちに、鍵探しを諦めようとした。

ホテルの人に謝って、なんとかしてもらおう。

そう思って腰を上げると、目の前にボロきれみたいな服を着た少年がいた。

「うわっ！」

中尾は驚いて声を出した。少年は曖昧に、笑みらしきものを顔に浮かべて中尾を見つめる。

なんだこいつは？　と中尾は思ったが、そのぎょろりとした目に見覚えがあることに気づく。彼は昨日、中尾の荷物をホテルまで勝手に運び、お金を要求してきた少年だ。その時は要求された額を仕方なく渡したが、あまりいい気持ちはしなかった。

今度は何をするつもりだろう。中尾が警戒すると、少年はとてもたどたどしい英語で、何をしているのかと尋ねた。きっと何人ものホテルの客と話しながら、いくつかの単語を覚えたのだろう。

中尾がホテルの鍵を探しているのだと答えると、少年はなんとなく理解したようで、草むらの中を探し始める。また報酬を取るつもりだろうなとは思ったものの、この仕事に疲れきっていた中尾は少年を止めずにいた。そして中尾自身も、少年ひとりに鍵探しをさせるわけにはいかず、萎《な》えかけていた気力をどうにか奮い立たせてまた草むらをかき分け始めた。

それから中尾は、しばらく足元を見て歩き続けた。

しかし目に映るのは、ひたすら広がる草――。銀色の鍵は一向に見つからない。またあまりにも同じ景色が続くので、自分がどこを探したのかもわからなくなってしまった。

少年のほうはどうだろうと、中尾は彼を探す。

そして中尾は、目を見開いた。鍵を探す人が、10人以上に増えていたのだ。きっと少年の仲間なのだろう。同じような年頃、格好の少年少女たちが下を向いてうろうろしている。

しまった、と中尾はとっさに思った。

少年ひとりにならなら、お礼を渡すこともできる。けれどこの人数全員に支払うとなると、大変な出費になりそうだ。

中尾は少年に、全員に報酬を渡すことはできないと伝えた。

少年は何度か中尾の英語を聞き直して、やっと意味を理解した。

そして少年は夢で見たのと同じ、屈託のない笑みを見せた。

それは過酷な環境の中、あまりほめられた方法ではないやり方で日々の糧を得ている人間の笑顔とは、とても思えなかった。これまで中尾が見た中で、一番純粋で、絶対的な笑顔のようだった。

中尾は何を言われるまでもなく悟った。彼らはお金が欲しくてここにきたのじゃない。報酬を求めての行為ではないのだ、と。

中尾は少年にそんなことを言ってしまった自分を恥じると同時に、大きなとまどいを覚えた。どうして見知らぬ外国人である自分を、無償で助けたりするんだろう。ちょっと道を教えるような、簡単なことじゃない。みんな強烈な陽射しの中、汗だくになって中尾の無くし物を探している。

昨日は勝手に荷物を運んで、後から賃金を要求した少年が、今はなんの見返りも求めずに中尾を助けている。中尾には、それが不思議でならなかった。感謝とか感動とかよりも、なぜという気持ちが勝《まさ》っていた。

結局、陽が暮れ始めた頃に鍵は見つかった。少年の仲間のひとりが見つけてくれたのだ。

中尾がお礼を言うと、少年少女たちは恩着せがましいことを言うでもなく、あっさりした態度で散っていった。

地平線に落ちた、熟したオレンジ色の夕陽に照らされて、走っていく彼らの影が長くのびている。

そのワンシーンが、ひどく印象的だった。

その一件は中尾にとって、インパクトのある出来事だった。しばらくの間、彼らの謎に思える行動について思いを巡らせる瞬間もあった。しかし忙しい日々の中で、それを思い出すことも少なくなっていたのに、どうして今頃あんな夢を見たのだろう。

けれどしょせん夢は夢だ。真面目に考えても仕方がない。

中尾はひと息つくと上半身を起こした。とたんに夢の残り香は消えていく。

静かな部屋に、電話の着信音が鳴った。

ディスプレイには後輩である野田の名前が表示されている。中尾は通話ボタンを押した。

「もしもし。中尾です」

「あ……おはようございます。すみません、こんな早くに」

電話越しの野田の声は、明らかに沈んでいる。何かあったなと中尾はすぐに勘づいた。

「いや。何かあった？」

「あの……本当にすみません。私、プロジェクトからはずされちゃいました」

「は？」

「さっき部長にそう命令されたんです」

「そんな急に……どうして？」

「それが――」

野田はこれまで、なんの問題も起こしていない。普通に、いや普通以上に、プロジェクトのためによく働いていた。

なのに突然、部長命令でプロジェクトからはずされるなんて。

寝起きの頭がたたき起こされるようだった。

中尾がその理由を尋ねると、野田はぽつりぽつりと語り始めた。


それから1時間ほどして、中尾は会社に到着した。部署の前で、野田が待ちかまえるようにして立っている。

野田の顔は電話越しの声から予想した通り、暗かった。いつもはあっけらかんとしている野田だけに、その落差が目立つ。

「中尾さん。私、どうしたらいいのか……」

その手は、溢れそうな悔しさを必死で抑えているように、強く握られている。

「とりあえず、僕も部長に詳細を聞いてみないと」

野田は黙ったままうなずく。

中尾自身も、野田がプロジェクトからはずされた原因となった出来事について、まだ受け入れきれていなかった。

中尾は野田から離れると、ある人物に電話をかけた。

そして会話を終え、受話器を置いてから、中尾は部長のデスクに向かう。部長の本田は、重そうな体を椅子に預けて、書類に目を通しているところだった。

「おはようございます、部長」

中尾が声をかけても、彼は顔も上げずに、ん、と返すだけ。不機嫌そうな様子からして、野田についての話だと予想しているようだ。

中尾はまっすぐに部長を見下ろして言った。

「野田から話を聞きました。本当なんですか？」

「彼女をプロジェクトからはずしたことか？　それならプロジェクトを円滑に進めるため、判断したことだ」

「そんな……」

中尾の脳裏に、彼女の懸命な姿が蘇《よみがえ》ってくる。

ちょっとした確認事項があって、出先からくすのき製作所に立ち寄った時のことだ。中尾が応接用の小部屋へ案内されながらふと工場を見渡すと、奥のほうで工員たちから工作機械の説明を受けている野田の姿が目に入ってきた。帰宅途中に寄ったのだろうか、野田はリュックタイプのビジネスバッグにスーツ姿といった出で立ちで、工員たちの話に一生懸命耳を傾けている。

多少の背伸びも含めて、新人ならではの仕事に対する積極的な姿勢は、とても清々しく思えた。

目の前にあること、起こること、すべてが興味の対象だった。

何でも見てやろう。何でも聞いてやろう。そんな気概が見ているだけで伝わってくる。

自分もそうだったっけ……。

社員の中では若いほうに入る中尾ですら、その情景が少しまぶしくも見えた。

——だからこそ、もうひとつ確認しておかなければならないことがある。

「それからもうひとつ。……倉庫の超過在庫を、業者に返品するというのは本当ですか？」

「それがどうした」

「ひどくないですか？　プロジェクトチームになんの相談もなく、いきなり会社決定だなんて……」

その言葉に反応して、本田はようやく中尾を見た。

「何か文句があるか」

脅すような声で部長は言った。

中尾は部長のこんな声を聞いたことがなかった。普段の本田部長は、さっぱりとしていて人当たりのいい印象だ。

中尾はたじろぎそうになるのをこらえる。自分には確かめる義務があると言い聞かせて。

納品書、発注書の数と、倉庫の中の現物の数が合わない。管理上の数字より、現物のほうが多くあるのだ。それはしばらく前から問題になり、中尾と野田も原因を探るべく、くすのき製作所をたびたび訪ねていた。

しかし努力の甲斐もなく、原因はいまだわかっていない。それどころか、この数日で誤差はますます大きくなった。ソーラーパネルの設置台は、発注した数である100を超え、今や250の現物が倉庫の中に眠っている。

もちろん、くすのき製作所のほうにもその原因はわからない。首をひねっているのはむしろ、くすのき製作所のほうだろう。

数の齟齬は、設置台だけではない。倉庫内のいろいろな物が増加して、納品書の数とまったく合わないのだ。今では倉庫の中は物で溢れんばかりになっている。

それはさほど時を置かずして上役たちの知るところになり、各担当部長は早急の事態収拾と対策を迫られ、部長は同時にひどく叱責されたらしい。それからの数日間、原因究明のため、中尾たちはますます身を粉にして動いていた。

しかし今朝の野田の電話によると、部長は急遽原因の究明を中止し、超過在庫を各下請け業者に返品するという形で決着をつけることにしたらしい。

そしてそれはプロジェクトチームへの報告よりも先に、下請け業者へ会社方針として通達されていたのだ。

中尾は言った。

「各業者の方々は皆、納品書の数しか納めていないと言っています。どこの事業所も納入期限に間に合わせるためにフル稼働で頑張っているんです。そんな時に受注した数以上の現物が送りつけられたらどうしたらいいんですか。それに、その後にかかる処理費用などの補償の話は一切ないそうじゃないですか。つぶしの効かない特注品の在庫を大量に抱えさせるのは酷なんじゃないですか？」

くすのき製作所を例に挙げると、本来必要だった設置台は100。しかし倉庫の中にある現物は250だ。その差150台の余剰分を問答無用で送り返すということになる。

「うちも余計な在庫をこのままにして意味不明な損失を計上するつもりはまったくない」

部長はきっぱりと言い放ち、続ける。

「これだけ時間を割いても原因はわからないじゃないか。上はすでにしびれを切らしてるんだ」

ふと、中尾の頭に、北島所長の半ば諦めたような言葉が思い出される。

ついさっき、中尾が野田と話した後に入れた電話の相手は、くすのき製作所の北島所長だった。それは諸々の確認をするために入れた電話だった。

――強引だねえ。聞く耳持たないって感じだったよ。大きな企業ってそんなもんかね。今後の付き合いをちらつかされたんじゃ、我々下請けにはどうしようもないよ……。

「ですが、部長のやり方は……結果的にすべての責任を発注先に押しつけているようにしか思えないのですが」

自らの保身のため、原因は業者側のミスだったということにして、早々に決着をつける。部長の行動はそうとしか見えなかった。

部長は厳しい顔で言う。

「それが組織に生きるということだ。原因がどうであれ、あらゆる場面で大切なのは数字だ。結果的に数字が合っていなくてはならない。ぬかりなく事業が進んでいることを示さなくてはならないんだ。最近特にうるさく言われる透明性もこれで担保できるんだよ」

「しかし……！」

「お前も野田と同じことを言うのか？」

中尾は、思わず言いかけた言葉をのみ込んだ。

野田はこの先の言葉を口に出した。それはおかしい、もっと原因を探るべきだと。

そしてその結果、プロジェクトからはずされたのだ。

「ならば、お前もこのプロジェクト……いや、我が社に不適合な人材だと判断せざるを得ない」

そう言い放たれ、中尾は何も言い返すことができなかった。少し離れたところに、野田の哀しげな気配を感じながら。

夕暮れ時、あたりがオレンジ色に染まって、電柱や木々の影が濃さを増してきた頃。中尾はアカネのタコカフェに足を向けていた。

広場にあるタコカフェのワゴンに近づくと、どんどんたこ焼きのいい匂いが漂ってくる。

お腹がぐうと鳴って、中尾はお昼を食べていないことにようやく気がついた。

アカネはワゴンの中で、何か作業をしている。

中尾が言うと、アカネは振り返って、ワゴンの窓から顔をのぞかせた。

「たこ焼きひとつ」

「はいよー！　……って、中尾くん！」

「また来ちゃいました」

「いらっしゃい。今日はひとり？」

中尾はうなずく。アカネの元気のいい声が、ずっと沈んでいた中尾の心によく響く。

「もう帰り？　あ、営業の途中？」

「いえ……」

中尾は言葉をにごした。

確かに営業に行くと言って外に出たけれど、中尾は会社からまっすぐここに来た。これからどこかへ行く予定もない。

ただあの会社にいたくないという気持ちがあまりにも大きくて、お昼に約束のあった取引先から戻ると、再び中尾は逃げるように出てきたのだ。

「例のプロジェクト、あれからどう？」

アカネはたこ焼きの生地を、たこ焼き器の丸穴の中に注いでいく。その手つきはすっかり慣れたものだった。

中尾はアカネの質問には答えず、尋ねた。

「藤田先輩は会社を辞める時、どうでした？　いろいろ悩んだりしましたか？」

「なに、いきなり。……そりゃあ、私だっていろいろ考えたよ」

アカネは素早く、まだゆるい生地の中にタコを入れていく。

「今だってそれが正解だったかどうか、わからないしね。後悔はしてないけど、たぶん一生わからないと思う」

そう言いながらも、アカネの口調と表情は明るい。もしそれが不正解だったと思う日がくるとしても、アカネはやっぱり後悔しないだろうと思わせる表情だった。

「で、どうしたの？」

アカネはちらりとたこ焼きから視線を上げて尋ねる。

おちゃらけた態度をとることもあるけれど、アカネは結構勘がいい。中尾の様子のおかしさに、もう気づいたみたいだ。

中尾は、すべてを話そうか迷った。すべて吐き出せば、少しは楽になるかもしれない。それに先輩であるアカネなら、何かアドバイスをくれるかもしれない。

中尾は自分がどうしてあの会社に所属しているのか、わからなくなっていた。

しかし中尾の口から出てきたのは、なぜか全然違う言葉だった。

「……夢を見たんです。変な夢を」

「夢？」

「少し前の海外出張の夢だと思うんですけど」

どうして夢の話なんかし始めてしまったのだろうと、中尾は自分自身、不思議に思った。けれど一度始めてしまったからには今更中断するわけにもいかず、中尾は夢の詳細を語る。

出張先の途上国の様子のこと。鍵をなくしてしまったこと。荷物運びの少年と、その仲間たちが助けてくれたこと。報酬は渡せないなどと言った自分が恥ずかしかったこと。そして、少年少女たちの行動の意味が、あれからいくら考えてもわからないこと。

どうして仲間でもない自分を、あんなふうに助けたりしたのだろう。その前の日は、勝手に荷物を運んでその対価を求めた少年が、どうして１８０度違う行動に出たのだろう。

アカネは時々たこ焼きに手を加えながら、黙って中尾の話を聞いた。

「僕に同情でもしたんでしょうか。それとも勝手に荷物運びをしたことに、罪悪感でもあったんでしょうか」

こんな話、なんの意味もない。先輩だって困るだけだろう……と思いつつ、中尾の口はなぜかよどみなく動いた。

話をひと通り聞き終えると、アカネは言った。

「そんなに難しく考えることじゃないんじゃないかな」

「と言うと？」

「その子たちは、困ってる中尾くんにただ協力したかった。それだけじゃない？　仲間とか仲間じゃないとか、そういうことを関係なしに」

中尾にはアカネの言うことがいまいちピンとこない。そんな立派な博愛精神みたいなものを彼らが持っているようには思えなかった。

「自分以外は全員他人、ってよく言うでしょ？　他人っていうと冷たく聞こえるけど、ホントはそんなことないと思うんだ。仲間も友達も家族も、本質的にはみんな他人。だからそういう関係を大切にするのもいいけど、あんまりそれに縛られ過ぎるのっておかしい気がする。仲間である前に、人は人なんだから。ネガティブな意味じゃなくて、人は人なんだよ。他人だからどうとか、仲間だからどうとか、そういうんじゃなくて。人類みな兄弟なんて言うつもりはないけど」

「………」

「もちろん自分の生活があるから、他人を利用しなきゃいけないことだってあると思う。けどそれとこれとは別っていうか……。ごめん、私の言ってること、よくわかんないよね？」

アカネは困ったように言った。

中尾は、それに対してただ首を左右に振るのがやっとだった。

アカネの言葉は、まるで雷のようだった。それはこれまで思いもしなかった発想だった。

他人であることが当たり前。自分以外は全員他人。しかもそれは決して他人を突き放した意味じゃなく、他人を他人として受け入れる意味で。

あの少年の屈託のない笑顔は、他人としての中尾に対する笑顔だったのだ。

そして上司である本田部長も、後輩である野田も、取引相手であるくすのき製作所の所長も。彼らは関係性や肩書の前に、ひとりの他人だった。

中尾の中で、何かがすっと溶けていくようだった。

「やっぱりすごいな。藤田先輩は……」

中尾が考え続けてもわからなかった答えを、アカネは簡単に出してしまった。

しかしアカネは気取らずに言う。

「ま、これ全部受け売りだからね」

「そうなんですか？」

「うん。本田部長のね」

「本田部長の……？」

その名前を聞いて中尾は複雑な気持ちになった。本来はそんな考えを持った人も、保身のためとなると今回のような行動に出るのか。

「本田部長がどうかした？」

「あ、いえ。たこ焼き、ありがとうございます」

中尾は結局、部長と野田のことについては一言もふれないまま、アカネのたこ焼きを受け取った。

——そんなふたりの様子を見つめる、３対の瞳がある。

なぎさ、ほのか、ひかりは離れたテーブル席から、アカネと中尾に注目していた。ふたりの会話はここまで聞こえてこない。

なぎさはなぎさスペシャル——たこ焼きの上にチョコレートアイスとチョコレートソースとチョコレートチップをのせた、おそるべき食べ物——を食べながら、こっそり言った。

「あのふたり、やっぱり恋人同士なのかなあ？」

「あんまりそういうふうには見えないけど……」

ほのかはそう言ったものの、なぎさはその説が諦められないらしく、ひかりに問う。

「ねえ、ひかりは何か聞いてないの？」

「私は何も。アカネさん、あんまり自分のことって話さないから……」

「今度さりげなく探ってみてよ。もしそうなら、後輩としてアカネさんの恋路を密かに応援しないと！」

恋バナ好きのなぎさは楽しそうに言う。応援するという気持ちも本当だけれど、半分くらいは好奇心も混じっていそうだ。

メップルがコミューンから顔を出す。

「人の恋路を応援する前に、自分はどうなんだメポ？　藤P先輩に早く告白」

「だああああーっ！」

なぎさは、メップルの前にあるなぎさスペシャルに、物凄い勢いで楊枝《ようじ》を突き刺した。

メップルの鼻先をとがった楊枝が通過していく。

「ひいいいいっ！」

「……ごめーん。手が滑《す》っちゃって」

なぎさの目は完全に据わっている。これにはさすがのメップルも口を閉ざした。

なぎさとメップルのいつもの漫才コンビっぷりに、ほのかとひかりは苦笑する。

　そしてほのかは一拍間を置いてから言った。

「あのね、今日はふたりに聞きたいことがあって」

「聞きたいこと？」

「ひかりさんには言ってなかったけど、この前あの人が学校に現れる直前に、変なことが起こったの」

　ね？　とほのかはなぎさを見る。

「えぇっと……なんだっけ？」

　しかしなぎさには通じない。

「私となぎさのお弁当が、2つになってたじゃない」

「ああ！　あれね。そうそう、でも戻ってきたらひとつしかなかったんだよね。やっぱ全部食べときゃよかった」

「なぎさ悔しがってたわよね……じゃなくて。あのことがずっと引っかかってるの」

「それもあの人たちの仕業なんでしょうか」

　ひかりが言った。

「私も最初はそう思ったけど、何も知らないみたいだった。そもそもお弁当を増やしたって、あの人たちの得になることはないじゃない？」

「そりゃー、お腹をいっぱいにさせて、動けなくさせる作戦？」

「食い意地の張ったなぎさにはぴったりの作戦メポ」

「なによ、お互いさまでしょーが」

なぎさに睨まれて、メップルはふふーんと鼻歌を歌う。

ほのかは続けた。

「それにね、なぎさの試合で、どこからかボールが飛んできてなぎさがダブルゴールしたことがあったでしょ？　あのボールって、出どころはわかったの？」

なぎさは試合のことを出されて、ようやく少しハッとした表情を浮かべる。すっかり忘れていたけれど、ボールもお弁当も、同じ現象のように見える。

「ううん。結局わかんなかった」

「ひかりさんは、そういうことない？　知らないうちに物が増えてるみたいなこと」

ひかりは記憶を探る。お弁当が増えるみたいに、明らかにおかしなことはなかったはずだけど……。

しかしひとつだけ思いあたることがあった。

「そういえば、しばらく前に、いつの間にか植木鉢のお花が増えてて……」

ひかりはタコカフェのワゴンを振り返る。その近くには、ひかりが育てた植木鉢が置いてある。この前見た時、チューリップは３本になっていた。けれど今は、ふたたび２本に戻っている。

「今は、元に戻ってるみたい」

3人に、沈黙が訪れる。

何か得体の知れないものの一端を見たようで、背中がぞっとした。

3人は顔を見合わせる。みんな同じ恐怖感を抱いていることは、その表情から明らかだった。

その時。

ビィィイイイ――‼

鼓膜をつんざく音が、沈黙を切り裂いた。

3人は彼らがやってきたのかと、反射的に椅子から立ち上がる。

しかし、3人の前に現れたのは小さな子どもだった。

手にはアヒルのおもちゃを持っている。子どもがそのお腹を押すと、またビィーッという音が鳴った。

母親らしき女性が来て、子どもの手を取る。

「こら、お姉さんたちビックリしてるでしょ？　どうもすみません」

「あ、いえ……」

なぎさが応える。

親子は手をつないだまま、遠ざかっていった。

3人は脱力して椅子にへたり込む。

空は綺麗なオレンジ色のままだし、何かがザケンナー！　と言いながら襲いかかってくる気配もない。

「びっくりしたあ～……」

なぎさはだらりと椅子に背中を預けて言った。

「まあ、考えても仕方ないよ。ただの偶然かもしれないし……。物が減るならまだしも、増えるなら悪いことないじゃん？」

「そう、かしら……」

ほのかはまだ不安そうに、落ちていく夕陽を見つめた。

第6章

まじヤバ！　こんなのゼッタイありえない！

夜、ポルンは上機嫌で遊んでいた。

「ジャンプジャンプポポ！　高い高いポポ！」

ひかりのベッドの上で、ポルンは何度も飛び跳ねている。ひかりはベッド脇に座って、うまいね、とポルンを見守っている。

「ひかりも一緒にジャンプするポポ」

「うーん、それはできないわ。ポルン」

「ダメポポ！　ひかりも一緒にジャンプジャンプするポポ！」

ポルンはひかりの袖を引っ張る。

それでもひかりが動かないでいると、ポルンは瞳を潤ませた。ついさっきまであんなに上機嫌で遊んでいたのに、もう泣き出す寸前だ。

ひかりは優しく諭すように言った。

「私はポルンよりずっと体が大きいでしょ？　だからベッドの上で飛び跳ねたら、ベッドが壊れちゃうかもしれないの」

「ポポ……」

そう言われると、ポルンは瞳を潤ませるのをやめた。

「……わかったポポ。じゃあ違うことして遊ぶポポ！」

ワガママなところもあるポルンだけど、ちゃんと説明すればわかってくれる。ひかりは、それを理解していた。……もっとも、ひかりの前でのポルンは比較的聞き分けがいいので、これがなぎさやメップル相手ではまた違うかもしれないけれど。

「もちろん。なら教えて？　ポルンが好きな遊びは何？」

ポルンはちょっと考えてから答える。

「ポルンが好きなのは……かくれんぼポポ！　あと、鬼ごっこ。だるまさんが転んだポポ！」

うんうん、とひかりはポルンの言うことに耳を傾ける。どれもメップルやミップルたちとしたことのある遊びだ。

「それから……オムライスも好きポポ！　メロンソーダもポポ！」

好きな遊びを聞いたはずなのに、いつの間にか好きな食べ物の話に変わっている。ひかりはくすりと笑ったが、それには突っ込まないでおいた。

「ひかりは？　ひかりは何が好きポポ？」

「私が好きなのは……ポルンよ」

ポルンは頬を染めて、今日一番の笑顔を見せた。

「ポルンもひかり大好きポポ！　オムライスよりメロンソーダより、ひかりが好きポポ！」

ポルンはひかりの胸に抱きつく。

「ふふ、ありがとう」

ひかりもポルンを軽く抱いて、そのふわふわな頭を撫でる。

「……それから、なぎささん、ほのかさん。アカネさん、クラスメートのみんな」

ひかりは穏やかな顔つきで、大切なものを数え上げる。

「お花の匂い、優しく吹く風、お日さまの暖かさ、綺麗な月の光……」

「そんなにたくさん好きなものがあるポポ？」

「うん。だから私の好きな人たちには恩返ししないとね。たくさん好きなものがあるのは、きっとその人たちのおかげだから」

そう、恩返し。

誰かのためになることができれば、自分がここにいる意味が見出せるから。

ひかりは半ば無意識のうちに、心の中でそう付け加えた。

「でも、一番はポルンポポ？」

「そうよ。一番はポルン」

ポルンとひかりはおでこをくっつけて笑い合った。

それは絵に描いたような、穏やかで幸せなひと時だった。しかしその時間は長くは続かない。

ポルンはふと笑うのをやめて、呆然とした表情になった。

「始まりの前、終わりの後、ポポ……」

「え？」

いきなり飛び出した意味のわからない言葉に、ひかりは眉をひそめた。

「どっちも同じこと……ポポ」

「どういうこと？」

「ポルンにもわからないポポ」

ポルンはもどかしそうに言った。

ポルンは時々、こうして不思議なことを言い出す。そういう時のポルンはいつもの雰囲気と変わって、どこか遠いところを眺めているような表情をする。

ポルンのそんな表情を見ると、ひかりは漠然と不安になる。

「この前も言ってたよね。いっぱい、ぎゅうぎゅう、って。それと関係があるの？」

「わからないポポ……」

自分でもわからないことが辛いのか、ポルンはむずかるように言った。

「そっか……」

ポルンは、ひかりやなぎさたちの知らない何かを感知しているような気がする。けれどこれ以上詮索するワケにもいかない。

ひかりはぼんやりとした危機感に、指先が冷えるのを感じた。

「ひ……り……」

ひかりは誰かに呼ばれて振り向いた。

しかし部屋の中には誰もいない。振り向いた先には網戸にした窓があるだけ。

「いま、声がしなかった？」

「ポポ？」

ひかりの問いにポルンは首を傾げる。ポルンには聞こえなかったらしい。

「……ニー……ル、ナ……」

風が吹いて、レースのカーテンがお化けのように揺れる。

今度はなんと言っているのか、聞き取れなかった。でも声がしたのは確かだ。

ひかりは思った。あの声かもしれない。悩むひかりを導いてくれる、温かな声。

いつもとは様子が違うと思いながらも、ひかりはその声に似たものを感じた。

「行かなくちゃ」

「ポポ？」

ひかりはサンダルを突っ掛けて、窓から外に出る。ポルンはその背中につかまった。

一歩外に出ると、自分を呼ぶ強烈な力を感じた。

行かなくちゃ、行かなくちゃ――

ひかりはその思いでいっぱいになって、夜道を駆け出した。

一方、美墨家は家族4人で夕飯を食べていた。

今日のメニューはカレーにグリーンサラダ、玉ねぎのスープだ。今回のカレーはちょっと辛い。なぎさは汗をにじませて、パクパク食べ進めている。

これが唐揚げだと、亮太は常に神経をとがらせてなぎさの魔の手から自らの陣地を守らなければいけない。しかしカレーならその必要もないので、比較的平和な食卓といえる。

テレビでは、クイズ番組が流れている。

司会者が何問目かになる問いを読み上げた。

「飲み水が手に入らない環境に置かれた際、最も必要とすべき樹木はどれ。1、桜。2、竹。3、松。4、椿」

岳は、自信満々に答えた。

「竹だ。青竹の先端を切って一晩置くと、真水がタケさん出る」

テレビのクイズ挑戦者も竹を選び、ピンポーンと正解の音が鳴る。

なぎさは岳のさりげないギャグは無視して、感心したように言う。

「さすが！　お父さん、アウトドアの時だけは頼りになるもんね」

「おいおい、だけってなんだよ。あ、もしかして竹だけに？　アウトドアの時、ダケ？

さすがお父さんの娘だ、やるなあ、なぎさ！」

「ぷふっ！」

吹き出したのはもちろん理恵ひとり。なぎさと亮太は露骨に面倒くさそうな表情を浮かべる。

「今年もどこか行こうか。なあ？」

「うん！　いきたい！」

亮太が賛成する。

岳はアウトドア派で、美墨家は時々キャンプに出かけるのだった。

「外で食べるご飯って、おいしいもんね」

なぎさが言った。バーベキューや飯ごうで炊くごはんは、いつもとは違うおいしさがある。

「お姉ちゃんは食べる専門だもんね」

「亮太だってそうじゃない」

「ボクはテントの準備とか結構手伝ってるもん。ね、お父さん」

「ん？　まあ、そうだな」

ほら、という顔を見せる亮太に、なぎさはべーっと舌を出した。

「そうね。虫が少ないところならいいんだけど。いつも虫刺されがひどくって」

と、理恵。

「夏に虫のいない山なんてないよ」

そう岳が言った時、ドサドサッと、家の中のどこかで何かが崩れる音がした。

なぎさは音のしたほうに目を向ける。

「なんの音？　お父さんの部屋のほうから聞こえたみたいだったけど」

「本でも崩れたんだろう」

岳はこともなげに言う。しかし理恵は、

「私、一応見てくるわね」

と椅子から立った。

理恵が廊下に出て、岳の部屋のドアを開ける音がする。それとほぼ同時に、理恵の悲鳴にも似た声があがった。

「なによ、これ⁉」

食卓にいた3人は弾かれたように立ち上がって、理恵の元に駆けつける。

理恵は驚きの表情で岳の部屋の中を見つめていた。なぎさ、亮太、岳は、そっとそこをのぞき込む。おっきな虫でもいるんだろうか……と思う3人だったが、岳の部屋の中は予想の斜め上をいくさまだった。

「お父さん……これ、全部買ったの？」

なぎさが部屋の中を指さして尋ねる。

そこには、大量のアウトドアグッズがあった。テント、コンロ、バーベキュー用の機器、缶詰などなど、いろいろなものが床いっぱいに広がっている。しかも同じものが、やたらにたくさん。

「どういうつもり？　これ全部でいくらしたの」

そう言う理恵の声には明らかに怒気が含まれている。

「い、いや誤解だよ。アウトドアグッズは去年の夏以来買ってない。押し入れにしまったきりだった」

「じゃあこれはなんなの⁉」

「ぼ、僕にも何がなんだか」

「とぼける気ね？　こんなに無駄なお金を使うなら、もうキャンプはやめたほうがいいんじゃない？」

理恵の言葉に、亮太がえーっと不満をこぼした。岳は誤解だ、おかしい、とひたすら繰り返すばかりでおろおろしている。

するとまた、何か崩れる音がした。今度は亮太の部屋のほうからだ。

4人は顔を見合わせて、亮太の部屋に向かう。

理恵が、その扉を開いた。

「ああっ！」

亮太自身が、まず驚きの声を出した。

亮太の部屋には、足の踏み場もないくらいの漫画が溢れかえっていた。

「亮太！　これはなに⁉」

理恵はさらに迫力を強めて亮太に詰め寄った。

「こんなにたくさんの漫画、お小遣いじゃ買えないでしょう！　どこから持ってきたの⁉」

「し、知らないよ。ボクじゃないよ～！」

亮太は理恵に問い詰められて、今にも泣き出しそうだ。

そしてまたまた、同じような音がする。今度はなぎさの部屋から。

理恵がなぎさの部屋の扉を開けると、そこはぬいぐるみでぎゅうぎゅうになっていた。

「3人ともどういうつもり⁉　私をからかってるの⁉」

理恵はすごい剣幕で言う。

「私知らない……。お父さんと亮太も、本当に知らないの？」

なぎさは少し深刻な表情で聞く。岳と亮太は、理恵に怒られたことでしょんぼりしつつ、しかし同時に納得いかない顔でうなずいた。とてもウソをついているようには見えない。少なくとも亮太は、こんなにうまくウソをつくことなんてできない。

なぎさはふたりとも本当に心当たりがないのだと知ると、夕方にタコカフェで感じたのと同じ戦慄《せんりつ》を覚えた。

何かが、おかしい。とんでもないことが起こってる。

なぎさはぬいぐるみをかき分け、机にあるメップルのコミューンを取った。

そして玄関に走る。

「どこ行くの⁉　話はまだ終わってないわよ！」

後ろから理恵の声が飛んでくる。けれどなぎさは足を止めない。

「お説教なら、後で聞くから！」

「なぎさ！　待ちなさい！」

帰ってきたら、メチャクチャ怒られるかも……と思いつつ、なぎさは外に出る。たとえ後でどんなに怒られることになったって、なぎさにはやらなくちゃいけないことがあった。

なぎさは街を走る。ほのかに会わなくちゃという気持ちが、なぎさを駅に向かわせた。

けれど、なぎさはふと足を止める。

なぜだか急に、道がわからなくなってしまった。毎日通っている道を間違えるはずはない。

どうして？　と、パニックになりかけた時、なぎさはその理由がわかった。

道が、増えている。

二股にわかれていた道は４つにわかれ、また見覚えのない小道が建物の間にいくつも出現している。そのため、街は迷路のようになっているのだった。

「なんなの……！　なんなのよこれ……！」

なぎさの横で、サラリーマンらしき男性があっと声を上げる。

周りの人々は、みんなサラリーマンと同じほうを向いて呆けた顔をしていた。

なぎさもその視線の先を見る。

「ウソ……！」

ここからでは少し距離があるけれど、間違いない。

なぎさの家の最寄り駅が、間違い探しの絵のように、２つ並んで立っている。

なぎさは茫然と、それを見上げた。


ほのかは教科書を広げて、机に向かっていた。シャーペンはノートの上をするする動いていく。

けれど、今晩はなにやら外が騒がしい。このあたりは閑静な住宅街で、いつもは縁側に通じる障子を開けていても、物音は全然気にならない。

どうしたんだろうと思いつつ教科書から目が離せないでいると、庭で忠太郎《ちゅうたろう》が激しく吠え始めた。

忠太郎は雪城家に飼われている、ゴールデンレトリバー。金色の毛並みが美しく、優しい顔をしている。忠太郎はとても賢くて、めったなことでは吠えたりしない。

ほのかはやっと勉強を中断して立ち上がった。

庭に面している縁側に出る。すると騒ぎの原因が、一瞬にしてわかった。

庭の蔵が、3つに増えている。それによってほのかの家の庭は、蔵でほとんど埋め尽くされていた。

忠太郎は突然増えた蔵を警戒して、しきりに吠えたてている。

「へ……?」

ほのかは自分の目を疑うしかなかった。

ほんの数十分前までは、蔵はいつも通りひとつだけだったのに。

どうして、と思うと、ほのかの頭に一連の「物が増える」という事象が思い出された。

植木鉢の花、ボール、お弁当。それらは小さいもので、蔵とはスケールが違い過ぎるけれど、起こっていることは同じだ。

ほのかが必死に頭を整理しようとしているところに、祖母のさなえが玄関のほうから駆けてきた。

「ほのか。街が大変だよ。道や建物が、たくさん増えて……」

どうやら増えてしまったのは、蔵だけじゃないらしい。塀の向こうから、人々の混乱した声が聞こえてくる。

「そんなことって……！」

ほのかはいても立ってもいられなくなって走り出した。それをさなえが引き止める。

「外は危ないよ。今はうちにおいで」

「……ごめんなさい、おばあちゃま。私、行かなきゃならないの」

これが闇の者たちの仕業なのかはわからない。けれどなんの関係もないとは思えなかった。

さなえはほのかを見つめる。ほのかはまっすぐ、それを見返した。

しばらくふたりはそのままでいたけれど、先に目をそらしたのはさなえだった。

「……ほのかには、やらなくちゃならないことがあるんですね」

さなえはこういう時、ほのかがプリキュアであることを知っているかのように、ほのかの気持ちをわかってくれる。それは今回も、例外じゃないみたいだ。

さなえはほのかの手のひらを包んで言った。

「これだけは覚えておいて。絶望と希望は背中合わせ。何があっても、絶望だけが存在することはないの」

「絶望と希望は背中合わせ……」

さなえの手の温かさが、ほのかにじんわり伝わる。

「わかったわ。おばあちゃま」

ほのかはさなえの言葉をしっかり受け取った。

「気をつけて」

さなえはほのかの手を放す。

ほのかは玄関に向かって走り出す……が、すぐにミップルのコミューンを持っていないことに気づき、急いで部屋に取って返した。

教科書の上のコミューンを素早く手にする。と、その時、机の上に置いてあったアストロラーベに指先が触れた。

その瞬間、ほのかは目の前が真っ白になった。

★

ほのかは白い空間の中にいた。

腕を伸ばせば自分の指先も見えなくなるくらい、濃い霧が立ち込めている。

白い霧以外見えるものは何もない。しかし時々、何かの音が聞こえてくる。それはひどく曖昧でぼんやりしていて、遠いのか近いのかもわからない。音は、子どもの笑い声にも電車の走行音にも、街の雑沓のようにも聞こえる。

ほのかは、何が起こったのかまるで理解できない。外へ出ようと思って、コミューンを取りに部屋へ戻った。

それから何が起こったというのだろう。ほのかの記憶はそこでばっさり途切れている。

「誰か、いますか⁉」

ほのかは声を張り上げる。けれど返ってくるのは、反響する自分の声だけ。

強い不安に陥りながらも、ほのかは少しずつ足を動かした。

視界が悪いなか、つまずかないように、そろりそろりと歩を進める。

最初は、ゆっくりとしか進めなかった。

しかしだんだんこの空間にも慣れてきて、普通に歩くのと同じくらいの速さで進めるようになってくる。

どれくらいの時間が経ったのだろう。時間感覚が麻痺《まひ》してしまったみたいで、ほんの数秒のようにも、何日も歩き続けたようにも思える。

ふと、ほのかは白以外のものを発見した。

霧の向こうに、灰色の人影がある。こちらに背を向けてるみたいだ。

ほのかは人影に手を伸ばす。

「あの、」

ほのかの手がその肩に触れると、人影は振り返った。

そしてほのかは驚きに息をのんだ。彼は本当に、思いもよらない人物だったのだ。

「あなたは……ブ、ブレキストン博士⁉」

彼はほのかの敬愛する偉大な科学者、ブレキストン博士その人だった。

ほのかは彼の顔を白黒写真でしか見たことがないが、いま目の前にいる人物は霧によってややぼやけているものの、ちゃんとフルカラーでいる。

ブレキストン博士はほのかを見ると、びっくりしたような表情を浮かべた。

「おやこれは珍しい。こんなところにお客さんとは……。それもかわいいお嬢さんだ」

ブレキストン博士は驚きをあらわにしながらも、紳士的な物腰で言った。

しかしほのかは自分の置かれた状況が、ますます理解不能になる。

ブレキストン博士がいるわけない。

彼は、100年ほど前の人物だ。亡くなった年もわかっている。

しかし今ここにいるのは、60歳くらいの初老の男性。ブレキストン博士であるはずがなかった。

「わ、私雪城ほのかっていいます。ブレキストン博士ですよね？　な、なぜ私は今こうして博士と……それにここは一体……」

ほのかがとまどっていると、ブレキストン博士はその心中を察するように、穏やかに応えてくれた。

「ここでは何が起こっても不思議ではありませんよ、ミスほのか」

「ここ……？　ここってどこなんですか？」

「時間と空間の制約を受けない世界……いや、次元と言ったほうが正しい」

ほのかは言葉を失った。

「今、ミスほのかの通常の知覚が認識する次元はバランスを失いかけている。だから絶対的な支配者であるはずの時間と空間が、その力を弱めているのだよ」

「時間と空間がその力を弱めている……。あの時私は、あのアストロラーべに触れて……」

それを聞くとブレキストン博士は、何か理解したように、ああと呟いた。

「アストロラーべ……そうか、そうだったのじゃな、ミスほのか。それはきっと、私のアストロラーべじゃよ」

「え？　博士の？」

「ああ、あれは私の蒐《しゅう》集《しゅう》物《ぶつ》でね。骨董《こっとう》を集めるのが趣味なんだ」

ブレキストン博士は目尻にしわを作って微笑む。

「あれ、博士のものだったんですか⁉」

確かにほのかの父は、100年ほど前の有名な科学者の私物だったらしいと言って、あのアストロラーベをほのかに渡した。ほのかは半信半疑だったが、まさかブレキストン博士の持ち物だったとは。

「そう、お気に入りで書斎の棚に飾っていたよ。次元があやふやになっている今、それにほのかが触れることで、アストロラーベに浸透した素粒子——記憶や、時には霊とか呼ばれることもあるもの……に引っ張られ、私たちの意識が出会ったのだろう。まったく素粒子の気まぐれには、いつも驚かされる」

ブレキストン博士の言葉はほのかにとって、それほど突拍子もないものではなかった。言っていることはほとんどファンタジーだけれど、ファンタジーと科学は案外近いところにある。ほのか自身、なぎさやひかりにそう語ったばかりだ。

「じゃ、じゃあどうして世界はあんなふうに……？　やっぱりあの人たちの仕業なんですか？」

「あの人たち？」

聞き返されて、ほのかは口をつぐむ。

闇の者たちやプリキュアについて、偉大な科学者を前に話せるはずはなかった。

しかしブレキストン博士は言った。

「あの人たちというのは、素粒子のことかな？　だとしたら恐らく半分正解だ」

ほのかはブレキストン博士の顔を見上げる。

少しずつブレキストン博士の存在を受け入れ始めたほのかは、一番聞かなくてはならないことを尋ねた。

「教えてください。これから世界はどうなってしまうんですか？」

「それはわからん。しかし世界はこれから、我々に見せたことのない様態を見せようとしている。ある意味、これはチャンスなのかもしれん」

ブレキストン博士は輝く目でほのかを見つめる。

「チャンス……？」

「我々科学者がずっと追い求めてきたもの。君たちの世代からすれば相対性理論と量子論を統合し、宇宙のすべてを解き明かす万物の理論を構築するための鍵が、すぐ目の前にあるのかもしれんのだ」

そうブレキストン博士が話す途中で、ほのかはふわりと体が軽くなるのを感じた。

「宇宙の始まりの前、終焉の後には何があるのか――」

見えない大きな手に持ち上げられたように、ほのかの体が宙に浮く。そして後ろに引っ張られ、ブレキストン博士からどんどん遠ざかり始めた。

「ブレキストン博士！　私、ずっとあなたに憧れて――」

ほのかはブレキストン博士の元に戻ろうと体をよじる。しかしふたりの距離は離れるばかり。

もっともっと、いろんなことを聞きたい。本でしか知らない彼の思想にふれてみたい。

ほのかはブレキストン博士に手を伸ばす。

ブレキストン博士は、穏やかな表情で笑った。それは目を輝かせて科学を語る学者の顔ではなく、ひとりの初老の人間の顔だった。

「ミスほのか。君はいい科学者になるだろう」

憧れの人に言われるそのひと言は大きかった。ほのかは心臓がどきんと鳴るのと同時に、熱いものがせり上がってくるのを感じた。

「ありがとう、ございい……ま……」

ブレキストン博士から離れるにつれて、急激に意識が薄らいでいく。起きていたいと強く願うが、ほのかから意識を奪おうとする力には到底あらがうことができなかった。

ほのかは最後まで言い終える前に、まぶたを閉じた。

★

なぎさはメップルのコミューンを手に、街を走り続けていた。

「なぎさ！　左に曲がるメポ！」

「わかった！」

あれから道はさらに増え、迷路はどんどん複雑化している。もちろん電車も完全に運休状態だ。線路も増加し、つながるはずのない線がつながっているため、一体どこに到着するのかわからないという状況だった。

道を行く人々はパニックになって喚《わめ》くか、まだこの状況を受け入れきれずにぼうっと呆けているかのどちらか。しかし街を覆う雰囲気は、日常とはかけ離れた不穏で恐ろしいものだった。

なぎさは人々を避けて駆ける。なぎさにも道はさっぱりわからないけれど、メップルはミップルの気配を感知することができる。

「次は右メポ！」

なぎさは言われた通り、右に曲がる。その瞬間、何かにぶつかって尻もちをついた。

「なぎさ！」

ぶつかった相手が、なぎさを呼ぶ。それは探していた人の声だった。

「ほのか！　よかった、会えた……！」

ほのかの手にはミップルのコミューンがある。ほのかも同じ方法でなぎさを探していたらしい。

「ええ、本当に……」

ほのかは手を伸ばしてなぎさを起こす。

なぎさはその表情を見て、言った。

「ほのか、なんかあった?」

「え?」

なぎさは変なことを言っちゃったなとすぐに思った。この状況の中、何かあったもないだろう。でもなぜか、なぎさの口はそう言ってしまったのだ。

ほのかは驚いたように目を大きくしてから、ふと苦笑いした。

「さすが、なぎさだね」

なぎさはきょとんとする。

「でも、その話はまた今度。今は……」

ほのかはぐるりとあたりを見回す。

同じ看板を掲げた同じスーパーが、右の道路に数えきれないほど並んでいる。まるで合わせ鏡の世界に入り込んだような、底知れない不気味さが背中を駆け抜けた。

「なぎさ、とってもとっても嫌な気配がするメポ」

「ミップルも感じるミポ」

メップルとミップルは口を揃えて告げる。ふたりがこう言う時は、必ずヤツらが現れる時だった。

ふと、一陣の強い風が吹く。

なぎさとほのかは髪を揺らして、風が吹いてくるほうを振り返った。

そこには、何もなかった。ただあらゆる物が増え、崩壊しかけた街の風景が、空間の中にあるだけ。

しかしそう思った次の瞬間、その空間にひとつの黒点が現れた。点は縦の線となり、線は広がって楕円形の闇空間を出現させる。

その中から現れたのは、バルデスだった。

その後ろに、サーキュラス、ビブリス、ウラガノスも続く。

バルデスは無表情のまま、ふたりの前に立ちはだかる。堂々たる体軀で、遥か高いところに位置する頭を下に向け、ふたりを見下ろした。

相変わらず、その存在感は息が詰まるほど重い。バルデスが現れた瞬間、なぎさとほのかは体に鎖を巻きつけられたようだった。

ほのかは今すぐここから逃げ出したくなる気持ちを抑えて言った。

「これは、あなたたちのやったことなの⁉」

バルデスも後ろの3人も、その問いには答えない。

バルデスはやや間を置いてから、低く威圧感のある声を出した。

「伝説の戦士よ、この混沌を止めたいか？」

なぎさは嚙みつくように言う。

「何言ってんのよ！　当たり前でしょ⁉」

するとバルデスは、かすかに笑ったようだった。しかしそれは一般的な笑顔とは根本的に異なる、見る者を戦慄させる笑みだった。

「ならば消えるがいい。そうしなければこの世界はあと数刻のうちに、純粋なる混沌と化す」

「はあ⁉」

なぎさもほのかも、バルデスの言う意味がわからない。

バルデスは淡々と続ける。

「ジャアクキング様とクイーンがぶつかり合い、両者はともに形を失った。闇と光の不在……世界の源であるそれらが失われれば、混沌が訪れるのは必然だ。そして混沌がすべてを侵せば、その先に何があるのか――確かなことは私にすらわからない」

なぎさとほのかは、どうにかバルデスを見つめ返す。こうして対峙《たいじ》するだけでも、気力がどんどん失われていくような感じがする。

「その前にジャアクキング様を復活させ、闇によって世界を支配する。そうすれば混沌の現象は収まり、世界は安定するだろう」

「なっ⁉」

なぎさとほのかの瞳が揺れる。

すべてを食い尽くす、ジャアクキングの闇の支配……それがどんなものか、ふたりは知っている。

生命はみな失われ、ひたすら冷たい闇ばかりが広がる無味乾燥の虚しい世界。かつて光の園も虹の園も、彼の手に捕まりかけた。伝説の戦士プリキュアは、それを命がけで振り払ったのだ。

「そんなの、絶対ダメメポ！」

「闇に覆われた世界がどうなるか、ミップルは忘れてないミポ！」

メップルとミップルも断固反対する。光の園は虹の園より長く、ジャアクキングの影響を受け続けていた。その分、なぎさとほのかよりも実感を持って闇の恐ろしさを知っているのかもしれない。

「闇の支配を受け入れないつもりか？　ならば世界は混沌に陥り、完全な崩壊を迎えるだろう。光も、闇すらもない完全な崩壊だ」

「だからって、ハイそうですかって納得できるはずない！」

なぎさが言って、ほのかもうなずく。

「そうか……。ならば」

バルデスはちらりと後ろの3人に目を向けた。サーキュラスたちはそれを合図に、なぎさとほのかに襲いかかる。

「変身するメポ！」

「うん！」

ふたりは強く手をつないだ。

「デュアル・オーロラ・ウェイブ！」

七色の光が発現し、襲いかかる3人をいったん跳ね返す。ふたりはその光の中で、伝説の戦士プリキュアに変身していく。

「光の使者　キュアブラック！」

「光の使者　キュアホワイト！」

「ふたりはプリキュア！」

ブラックとホワイトは、ビシッと闇の者たちを指さした。

「闇の力のしもべたちよ！」

「とっととおうちに帰りなさい！」

一度は七色の光にひるんだサーキュラスたちだが、すぐに体勢を立て直し、ブラックとホワイトに向かってくる。

「これが最後だ！　プリキュア！」

サーキュラスが吼《ほ》え、ブラックに拳を振るう。ブラックはそれを的確にガードし受けとめた。しかしサーキュラスはそのことを予期していたかのように、続けざまに右脚を振り上げた。

ブラックの脇腹を狙う。ブラックは飛び上がってそれから逃げる。

が、空中で背後に気配を感じて、ブラックは振り返る。そこには、ウラガノスがいた。

「うおおおおーっ！」

ウラガノスは右手と左手を組んでひとつに合わせ、それを咆哮《ほうこう》と共に下ろした。ブラックはとっさに空中で体を捻って、どうにか直撃を避ける。巨大なハンマーを振り下ろしたような衝撃が風になって、ゴウッとブラックの肩をかすめていった。

「く……っ！」

肩に痛みを感じ、ブラックは顔を歪ませる。

地面に着地すると、今度は待ちかまえていたサーキュラスが鋭い正拳を容赦なくお見舞いする。

そして後ろからは、ウラガノスの丸太のように太い腕が突き出される。

正確なサーキュラスの拳と、狙いはやや甘いが食らえば確実に大きなダメージを負うウラガノスの拳、その2つを同時に相手にしなければならない。

ブラックは持ち前の身軽さ、勘のよさで、紙一重のところをどうにかかいくぐる。しかしふたり相手では、それがいつまで持つかわからない。

「ブラック！」

ホワイトはブラックの助けに向かおうとする。

その前に立ちはだかるのは、ビブリスだ。

「よそ見してる暇があるわけ⁉」

ビブリスは目にもとまらない素早い動きで、ホワイトの脚を払う。

「きゃあっ！」

ホワイトが体勢を崩しかけると、ビブリスはすかさず蹴りを放った。ホワイトは両腕を揃えて、それをガードする。ビブリスは何度も何度も、執拗《しつよう》に蹴りを放ち続ける。

ビブリスはサーキュラスとウラガノスに比べて、ずっと体の線は細い。しかし技のキレは強烈で、その威力もふたりに引けをとらない。そしてスピードは、サーキュラス、ウラガノスよりも格段に上だった。

高速の蹴りの連続に、ホワイトは防戦一方に追い込まれる。ガードをといて、攻撃にまわる隙がない。

仕方なくホワイトは大きく後ろに飛びのいて、距離を取った。

そこからすかさず、上空から体を回転させながら落とす蹴りをビブリスに放つ。ビブリスは、逃げようとしない。代わりにニヤリと笑ってホワイトの脚をキャッチし、自分に向けられたパワーを逆に利用するようにして、ホワイトをぶん投げた。

「っ‼」

これがビブリスの戦い方の、最も恐ろしいところだった。気の流れを読み、最小限の力で攻撃をいなす。それから相手の力を利用して、相手にダメージを与える。

ホワイトもそういった戦い方をする傾向はあるものの、それは本能的なもので荒削りだ。ビブリスのそれは何倍も洗練されていた。

ホワイトは木の幹にたたきつけられる。背中に痛みが走るが、すぐに体勢を立て直さなければ危ない。

そこにサーキュラスとウラガノスの猛攻からたまらず距離を取ったブラックが飛んできて、ふたりは背中合わせに立った。

「この状況、まじヤバ……」

「ルミナスがいてくれたら……！」

サーキュラスたち3人は、ブラックとホワイトを囲むようにじわじわと距離を詰める。

彼らはいつになく気迫に満ちているように見える。

ビブリスが言った。

「バルデスが現れる前に、プリキュアを倒しておきたかったけど……」

彼女の表情は読みにくいながら、その声はどこか悔しそうだ。

サーキュラスが続く。

「誇りにかけて、お前たちだけは必ず始末する！」

「プリキュア、倒す！」

ウラガノスが言うと、3人はいっせいにブラックとホワイト目がけてやってくる。

ブラックとホワイトは拳を握る。その時、ひかりの声が空から降ってきた。

「ブラック、ホワイト！」

プリキュアたちから離れ、ひとり高みの見物をしていたバルデスは、その声を聞くと空を見上げた。

「目が覚めたか……」

ブラックたちも頭上を見上げる。

そこには、闇で作られた檻《おり》があった。その柵と柵の間から、ひかりが顔をのぞかせている。

「ひかりさん⁉　どうして⁉」

ホワイトが叫ぶ。ひかりは、哀しそうな顔をして口ごもった。

「私は……」

ひかりの代わりに、バルデスが口を開く。

「その娘は、ひとりで変身し、私に向かってきた」

ブラックとホワイトは、驚いてひかりを見る。ひかりの表情を見る限り、バルデスの言うことはウソではないらしい。

「無謀なことだ。力尽き、この姿に戻ってからも、お前たちには手を出すなとか言っていたが……」

「ひかり、本当なの⁉」

ひかりは、おずおずとうなずく。

ブラックは憤った。

「バカっ！　どうしてそんな危ないことするの⁉」

「ごめんなさい。私――」

ひかりが何か言いかけた時、サーキュラスたちがその隙を突いてふたりに襲いかかる。

「やめて！」

檻の中からひかりが悲痛な声で叫ぶ。けれどその声は、限りなく無力だった。

「はあああアア――ッ！」

闇の3人が、それぞれの攻撃を仕掛ける。

ブラックとホワイトは、とっさにガードの体勢を作った。けれどサーキュラスのかかと落とし、ビブリスの蹴り、ウラガノスの重い両腕は、ガードで受けとめきれず、ふたりにダメージを与える。

ふたりは、勢いよく吹っ飛ばされた。

「い――っ！」

しかしふたりともまだ強い眼差しですぐに立ち上がる。

「ひかりさん、今助けるから！」

ホワイトが言うと、ふたりは手をつなぐ。

握る手に力を込めて――

「ブラックサンダー！」

「ホワイトサンダー！」

黒と白の力が天から現れて、ふたりの手のひらに落ちてくる。

「プリキュアの美しき魂が！」

「邪悪な心を打ち砕く！」

ふたりはつながる手に、ぎゅっと力を込めた。

「プリキュア・マーブル・スクリュー！」

猛烈な光が、サーキュラスたちに走る。それに包まれて、３人はさすがに顔色を変えた。

「マックスー‼」

さらに光の力が強くなる。闇の3人はまぶしい光から少しでも逃れるように、顔の前に手をかざした。

「ぐぬぬぬぬ……！」

ウラガノスが唸る。苦悶の表情を浮かべ、歯をくいしばる。

3人は必死に地面を踏みしめて、光の力に耐える。

一方プリキュアも、ありったけの気力でその一撃を放った。

広がる光に包まれて、闇の住人である3人は動くことができない。このまま光に溶けて消え去るか――

「ぐぬぬぬぬっ」

「うあああああっ！」

「ふんんんっっっ！」

3人は獣のようにうめく。その全身に力が入っているのが、見るだけでわかった。

やがて、光は収束し、消える。

3人は無事だ。闇が、光の力に耐えきったのだった。

「うそ……っ」

「気合で耐えきった⁉」

ブラックとホワイトは動揺の声で言った。

光に耐えた3人は、薄く笑う。やや疲労の色がにじんでいるが、まだまだ戦意は失っていないようだ。

「私たちはまだ、使命をまっとうしていない！」

彼らを突き動かしているのは、使命感だった。その使命への執着は恐ろしいほどで、ブラックとホワイトはぞくりとする。

ウラガノスが、巨大な拳を地面に打ちつける。

「だりゃあっ！」

地面にはたちまち亀裂《きれつ》が走り、それがプリキュアの足元に及ぶ。亀裂に落ちないよう、ふたりは左右に飛んだ。

右に飛んだブラックには、サーキュラスが襲いかかる。

サーキュラスは、ブラックのボディを狙って拳を繰り出した。ブラックはその拳に自分の右手を乗せると、そこを支点として、トンッと舞い上がる。ブラックの膝は、サーキュラスの顎に向かっていく。

サーキュラスは意外な柔軟性で、体をおもいきり仰け反らせ、それをかわす。ブラックは即座に攻撃を変えて、膝の裏で無防備になったサーキュラスの首を捕らえた。そこに全体重をかける。

「ぐ――っ⁉」

サーキュラスは体を支え切れなくなって、仰向けに倒された。ブラックはすかさず飛んで、蹴りをたたき込もうとする。しかしサーキュラスは仰向けから体を転がし、ブラックの蹴りは地面に当たった。

「あんたたちって、どうしていつもそう自分勝手なの⁉　なんで自分たちの都合に、他の人を簡単に巻き込んだりできるの⁉」

「知ったことか。すべてはドックゾーンの繁栄と、ジャアクキング様の復活のためだ」

「もうっ！　ぜんっぜん話が通じないんだからっ！」

ブラックはサーキュラスに真っ向から飛び込んでいく。拳を、続けざまにサーキュラスの体に打つ。サーキュラスはそれを手のひらで受け、あるいは腕でガードする。

ブラックは拳を打つことをやめない。どうして、どうして。まったく話の嚙み合わない相手に、拳で尋ねるように。

けれどサーキュラスはそれに応えることはなかった。ブラックは突然、手応えを失って転びかける。目の前にいたサーキュラスが、忽然《こつぜん》と消えた。

どこ――と思った瞬間、背中に強い衝撃を受けた。ブラックはその衝撃に吹っ飛ばされる。ブラックの先には、いくつも同じ建物が並ぶスーパーがある。看板に激突する寸前、ブラックは痛みに耐えてくるりと体勢を変えた。

そして看板を蹴り、その力で勢いよくサーキュラスのほうに戻っていく。

「はああーっ!」

看板に打ちつけられると思われたブラックが、思いもよらない反撃に出たことで、サーキュラスに一瞬の隙が生まれた。避けきるのは無理と判断して、両腕をクロスしブラックの蹴りを受けとめる。

それは予想よりもパワフルで、サーキュラスの重い体は蹴りの勢いによって数メートル後退させられた。

ブラックは、サーキュラスから一度飛びのく。

サーキュラスはゆっくりと蹴りを受けた腕を下ろした。その動きから、ダメージを受けていることが知れる。

この流れに乗らなくてはと、ブラックは拳を握り直してサーキュラスに向かっていった。

その横では、ホワイトがふたたびビブリスを相手にしている。

ホワイトは手刀を、一瞬空いたビブリスの首筋めがけて繰り出す。ビブリスはホワイトの動きを読みきっているのか、体中に張り詰めた神経はそのままに、余裕の表情でそれを避ける。

ホワイトは諦めず、足技を混ぜながら何度も手刀を仕掛けた。しかし面と向かって相手をすると、ビブリスは瞬間移動しているかのように速く、その姿をつかむことができない。

ビブリスはせせら笑うように言った。

「ねえ、あんたのやりたいことって……これかい⁉」

何度もビブリスの首筋を狙ったホワイトは、あっさりと逆に首を打たれた。

「あ――！」

思わずホワイトは倒れ込む。

すぐに立ち上がるが、頭がぐわんぐわん揺れるような気持ち悪さが襲ってきた。

ホワイトはそれをこらえ、今度は足技を仕掛けにいく。右脚を振り上げると、ビブリスは左腕でガードする。ホワイトはそのビブリスの左腕を手で取ってそれを捻り、ビブリスを引き倒そうとした。

が、ビブリスは体の力をぐにゃりと抜いてホワイトのなすがままになったかと思うと、次の瞬間、下からホワイトの腹を足で押し上げるようにして、巴《ともえ》投《な》げの形でホワイトを投げた。

ホワイトはまた倒れる。白いコスチュームは、もうずいぶん灰色に汚れていた。

それでもホワイトの目は決して諦めていない。何回も投げ飛ばされ、地面に打ちつけられて重くなった体をまた起こす。

「負けられない、絶対……！」

「ふん。無理だというのがまだわからない？」

ホワイトは拳を握り、ビブリスに向かって駆ける。ビブリスはやはり余裕のままそれを簡単に避け続け、一瞬の隙をついてはあの相手の力を利用する技でホワイトを投げ、倒す。

それを、何度も何度も繰り返した。

ホワイトは息が上がり、動きも徐々に鈍くなっていく。けれど、目の強さだけは変わらなかった。

いつもホワイトは、体重の移動などをうまく利用した華麗な技で相手を翻弄《ほんろう》する。しかし、それに関しては今回、ビブリスのほうが数段上。

だからホワイトは、ひたすら泥臭く戦うしかなかった。

よろけながら、拳を振り上げ、足技を出す。簡単に受けとめられ、流されて、逆にカウンター技を食らう。

けれど、いくらやられても、ホワイトはひたすら向かっていく。額には、たくさんの汗が溢れ出る。

「チッ、しつこいね」

ビブリスは次第にイライラしてきた様子で舌打ちした。

「これで終わりだっ！」

ビブリスはスピードに乗った蹴りを続けてホワイトに放つ。

ホワイトはそれをなんとか受けとめ、そして――

「っ⁉」

ビブリスの視界がぐるりと回転する。あっと思う間もなく、ビブリスは地面にたたきつけられた。

ホワイトはそれを見下ろして、荒く息をしながらもかすかに口角を上げる。

「何回もやられたおかげで、わかってきたわ」

ホワイトは自分が何度もやられたように、ビブリスの蹴りをいなし、その力の流れに沿って彼女を投げたのだ。

自らの戦闘スタイルを盗まれ、ビブリスは唇を嚙みしめる。

「これで勝ったつもり⁉」

ビブリスは立ち上がり、攻撃的な声でそう言った。

ホワイトはビブリスの逆襲に備え、少し飛んで距離を取る。

と、そこに同じくサーキュラスから距離を取って飛んできたブラックと鉢合わせし、ふたりはふたたび背中合わせになった。

それぞれ、ビブリスとサーキュラスが今にも襲いかかってきそうだ。

「ホワイト！」

背中合わせのまま、顔だけちょっと振り向き、ブラックはホワイトを呼んだ。ホワイトも振り向く。すると、ホワイトはブラックの意図が、その目を見るだけで理解できた。

ホワイトはかすかにうなずく。

ビブリスとサーキュラスが、こちらに向かって駆けてくる。ブラックとホワイトも、それに向かっていく。

「だあああっ！」

「はあああっ！」

ビブリスとサーキュラスは、驚いた様子で動きを一瞬鈍らせる。

ブラックがビブリスに、ホワイトがサーキュラスに向かってきたからだ。

ブラックはビブリスの懐に潜り込み、その堅いガードごと渾身のパンチで吹き飛ばす。

同時にホワイトもサーキュラスの足を払う。

ビブリスとサーキュラスが地面に倒れる。

やった！　と思った時だった。

大きな手が頭の上から伸びてきて、ホワイトとブラックをつかみ上げる。

「ははは一！　捕まえた一！」

　ウラガノスだった。

「は、放してっ！」

　ブラックとホワイトはどちらも足をばたつかせて逃げようとする。けれど巨体のウラガノスにとって、ふたりは人形くらいのサイズだ。両手でしっかり握り、ブラックを、ホワイトを振り上げる。

　おもいきり地面にたたきつけられることを覚悟して、ふたりはとっさに目をつむる。が、予期した衝撃はいつまでたってもやってこなかった。

　代わりに、ウラガノスの間の抜けた声が聞こえてくる。

「お前、誰だ？　俺にそっくりだな」

「ちげえよ。お前が俺の真似してるんだろ？」

　ウラガノスの声に応えるのも、またウラガノスの声だ。

　ブラックとホワイトは、おそるおそる目を開けた。

　そして目に映ったのは、信じられない光景だった。

　ウラガノスが、ふたりいる。ひとりのウラガノスはブラックを抱え、もうひとりのウラガノスはホワイトを抱えている。

　そう、ブラックとホワイトは、それぞれ別のウラガノスの手の中にあったのだった。

ふたりのウラガノスは、ぽとりとブラック、ホワイトを落とす。ブラックとホワイトは、難なく着地した。

あたりを見て、ふたりはさらに信じられないものを目の当たりにする。戦いに集中するあまり見えていなかったけれど……増えているのは、ウラガノスだけじゃなかった。

ブラック、ホワイト、サーキュラス、ビブリス。彼らもたくさん増え、街のあちこちでそれぞれの戦いを繰り広げている。ふたりや3人じゃない。ざっと数えただけで10組以上の集団が、必死に拳を振るっていた。

これにはブラックとホワイトはもちろん、サーキュラスたちも意表を突かれた顔をしている。

ひかりも檻の中で、驚きをあらわにしている。

唯一冷静でいるのは、バルデスだった。

バルデスとひかりだけは、この場にあって増えていない。ひとりだけのままだ。

バルデスは空を指して言った。

「混沌の現象は最終段階に達した」

みな、空を見上げる。

月とともに夜空に現れたのは、でかでかとした青い惑星だった。

「あれは、地球……!?」

ホワイトが言う通り、それは確かに地球だった。

月や太陽とは比べものにならない大きさで、向こうの地球の周りの大気の動きがはっきりと見てとれる。

「数日前から、こうなる予兆はあったが……」

バルデスの言葉に、ホワイトはハッとした。

ひょっとして、天体観測の写真が失敗したのは、それと関係があったのだろうか……？

だけど今は、そんなことを考えている場合じゃなかった。

バルデスが、一歩足を踏み出す。

ブラックとホワイトは警戒してかまえた。

「……この混沌を前にして、ジャアクキング様はなぜ復活しない。まだ器が未完成だからか？　お前ならば何かわかるだろう」

バルデスは頭上のひかりに問う。

「私は何も知りません！　ここから出してください！」

ひかりは檻の柵をつかんで訴える。

「ならば仕方ない。少々荒っぽい手だが、クイーンの生命《いのち》を揺さぶるとしよう。表裏一体であるジャアクキング様も、影響を受け覚醒するかもしれん」

クイーンの生命を揺さぶる。バルデスの言葉に嫌な予感を覚えたブラックは叫んだ。

「ひかりに手を出さないで！」

「安心しろ。あの娘はジャアクキング様復活に必要だ。私の狙いは……」

バルデスはごつごつとした骨っぽい右手を、ブラックとホワイトに向けて差し出す。

目に見えない衝撃波がゴオッという音とともにそこから放たれる。

「……っ！」

ふたりは腰を落とし、顔の前で腕をクロスして、それに耐えようとする。けれどバルデスが労もない様子で放つ衝撃波は強烈で、溶接されていたスーパーの看板を飛ばし、木々を仰け反らせる。

ふたりはついに耐え切れなくなって、足が地面から離れた。

とたんに勢いよく吹っ飛ばされる。ふたりは後方で戦っていたブラックやサーキュラスたち5人の一団に激突した。

その一団も周りに自分たちが増えていることにやっと気づいた様子で、ぽかんとしている。

バルデスが、ブラックとホワイトにゆっくりと近づく。

「お前たちを葬り去れば、クイーンの生命は大きく揺さぶられるだろう」

ふたりは立ち上がる。ふたりの目には、バルデスと、その向こうに泣きそうな顔をしたひかりが見えている。

そのひかりの表情を見て、ふたりの口をついて出る言葉がある。

「やれるもんなら――やってみなさいよ！」

「私たちはそう簡単にやられたりしないわ！」

それはバルデスに対する虚勢に過ぎないかもしれなかった。多くの相手と戦ってきたふたりは、バルデスの力を本能的に理解している。

しかし泣きそうなひかりの前で、弱気なところを見せるわけにはいかなかったのだ。

「はあああああっ！」

「だだだだだだだーっ！」

バルデスの周りには見えない壁のようなものがあるらしく、バルデスに触れることはできない。

ブラックはその壁に、連続でパンチを繰り出す。ホワイトも同じように足技を壁に向けて放つ。

サーキュラスたち3人を相手に散々動き、マーブル・スクリュー・マックスを放ち、バルデスの攻撃を受けた後だ。体はかなり重い。けれどそれを感じさせない動きで、ふたりは壁にひたすら拳を打ち込み、そして蹴りまくる。

そんなふたりを、バルデスはなんの感情も宿らない眼で見る。それはまさに、観察者の眼だった。

バルデスがまた右手を差し出す。

衝撃波が走って、ふたりは吹き飛ばされた。スーパーの建物の壁に激突する。

衝撃波は先ほどよりももっと強烈で、壁にたたきつけられた時、ふたりはその衝撃の強さに一瞬頭の中で火花が散るのを感じた。

ずるずるとふたりは壁からアスファルトの地面に落ちる。

猛攻の甲斐もなく、バルデスは少しのダメージも負っていない。

早く立ち上がらなくちゃ、ひかりに大丈夫だって示さなきゃ。

そう思うけれど、体が鉛を流し込んだかのように重くて、言うことを聞かない。

仰向けに倒れてしまったふたりを、ひかりが涙のにじむ目で見下ろす。

「ごめんなさい。私……ふたりのためになりたくて……。そうすれば、私がここにいる意味が、できる気がして……っ」

しかし結果はどうだっただろう。ひとりでバルデスに立ち向かい、捕らえられ、こうしてふたりと共に戦うことすらできない状況になってしまった。

「ひかり……あんた、そんなにおバカさんだったっけ？」

ブラックが、かすれた声で言った。ホワイトが続く。

「意味なんか、ただ一緒にいてくれるだけで充分。クイーンとか、プリキュアとか、そんなこと関係ない。ひかりさんはひかりさんよ」

「何をしたってしなくたって、ひかりはひかりなんだから……！　私たちの大切な、ひかりなんだから……っ」

クイーンでもルミナスでもない。ひかりはひかり。

その全面肯定的な言葉は、ひかりの胸の中にずっと巣食っていたアイデンティティの問題を溶かしていく。

自分はなぜここにいるのか。なんのために存在しているのか。

自分の正体がわからないひかりにとって、それは大きな問題だった。

ひかりはそれを、周りの人間を助けることで解決しようとした。誰かのためになることができれば、それが存在意義になるような気がして。

でもそれは間違いだった。ひかりはひかり。特別なことをしなくても、始めから存在を許されていたんだ。

「私は、私……」

ひかりの頬を、涙が伝った。

★

同時刻――街では空に突然出現した巨大な青い惑星に、みんな目を丸くしていた。しかもそれは時を経るごとに増え続け、今やいくつもの青い惑星が、空を埋めている。その中のどれかには、きっと今ブラックやホワイトたちがいるのだろう。

中尾が働くこの三ツ丸商事でも、みんなパソコンのキーボードをたたく手を止めて、窓の外を見つめている。誰も感想を言う者はいなかった。ひと言声を発すれば、このあり得ない光景が一気に現実感を帯びてしまうように思えて、全員、示し合わせたように口を閉ざしていた。

みんな、何もわからないふりをしている。

そんななか、たったひとりの異分子がいる。

異分子は廊下からドアを開け、物音ひとつない室内に靴音を響かせて入ってくる。いっせいに全員の、とまどいと、あるいは非難のこもった視線が彼に向いた。

中尾はそれにびくともせず、まっすぐに本田部長のデスクに向かう。

「各業者に、こちらの返品に応じる義務はないと、通達してきました」

「……は？」

部長はあっけにとられて間抜けな声を出した。

中尾の発言は、この場にふさわしからぬものだった。

「部長の行為は、間違いだと思います」

「………」

デスクにいた野田が、ぽつりと声を出す。

「中尾先輩……？」

中尾は驚くべきことを言いながら、この場の誰よりも冷静な顔をしている。この異常事態の中、ひとりだけいつもと同じ意識状態にあるようだった。

その中尾に真っ向から見つめられたことで、部長も日常の意識を取り戻したのか、ようやく中尾の言葉を理解した様子で、徐々にその表情が変わっていく。

眉間にしわがより、みるみるうちに皮膚が赤く染まっていく。

「中尾ッ！」

部長は一喝した。怒りで頬がふるふる震えている。

「お前は……っ、お前は何もわかっていない！　下請けの連中に同情でもしたか？　時には他人を蹴落とし利用する非情さがなければ、組織の中では生きていけない。この社会には適応できないぞ！」

「おかしいだろ！」

中尾は、部長の一喝を超える気迫で言い放った。少し離れたところから中尾の行動を見ていた野田が、息をのむ。

中尾のその目には激しいほどに強い意志が燃えていた。

「人は人だ！　敬意を持たなくていい相手なんて、どこにもいないんだ！」

「――！」

部長は中尾の言葉の強さに、思わず口を閉ざした。

★

「やべえやべえー！　絶対やべえってコレー！」

ウラガノスが慌ただしく叫んだ。

それもそのはず、こちらの虹の園にはプリキュアと闇のしもべの3人がどんどん増え続け、今や満員電車のようになっていた。

ブラックとホワイトを相手にしていたはずのバルデスも、彼らがあまりにも急速に増えていくため、身動きがとりづらくなっている。なにしろ大量のブラックとホワイトがいるので、攻撃をしてもきりがない。

「これほど急速に混沌が進むとは……」

バルデスはごった返す地面から、宙に浮いて全体を見る。

見渡す限りどこまでも、この現象は広がっているようだ。

プリキュア、サーキュラスたち、あらゆる街の建物や木々。それらで地面は覆い尽くされ、足の踏み場もないようだ。

バルデスは空を見上げる。膨らみ過ぎた風船のように、パンパンの緊張感。飽和状態の危険な空気が、この場に満ちていた。このままさらにプリキュアとサーキュラスたちが増え続ければ、一体何が起こってしまうのか。それはバルデスにすら推し量ることはできなかったが、いずれにせよ好ましい事態でないことは確かだった。

「このままでは、ジャアクキング様の復活も……」

バルデスは、初めてかすかに焦りの表情を見せた。

「苦しーっ！」

「あり得なーい！」

「どうなっちゃってんの⁉」

たくさんのブラックがそれぞれ叫ぶ。

「早くどうにかしないと！」

「でもどうやって⁉」

「こんなことが起こり得るなんて……！」

と、たくさんのホワイトが応えた。

また数人のブラックが言う。

「まじヤバ過ぎ！」

「これどうすんのお⁉」

「頭の中、爆発しちゃいそ～！」

その時、ひとりの……いや、３人くらいのウラガノスが、ひときわ大きな声で言った。

「それだ！　爆発だ！」

「爆発を起こせーっ！」

何人かのサーキュラスが困惑気味に返す。

「爆発？　何を言っている！」

「どういうことだ⁉」

「爆発を起こせば何か変わるのか⁉」

すると何人かのウラガノスが答える。

「俺が知るかっ！」

「こうなったらいっそのこと、爆発で全部吹っ飛ばしちまえばいいんだよっ！」

「そうすりゃせいせいするだろうが‼」

そんな理由か！　とサーキュラスはあきれる。しかし多くのホワイトは、それで気づいた。

「そうだわ。爆発は圧力の解放……」

「終わりであり始まりでもある……」

「絶望と希望は背中合わせ……！」

「この状況も沈静化するかもしれない！」

ブラックが言う。

「それ、まじで言ってる⁉」

何人ものホワイトは同時にうなずいた。

「イチかバチかの危険な賭けだけど……もうやるしかないわ！」

すでに酸欠状態で、息が次第に苦しくなってきている。空気はますますはちきれんばかりに膨張しているかのようだ。

どちらにせよ、選択の余地はなかった。

たくさんのブラックとホワイトが手をつないだ。

「ブラックサンダー！」

「ホワイトサンダー！」

あちこちで黒と白の稲妻が現れる。稲妻を受けながら、ふたりは叫ぶ。

「プリキュアの美しき魂が！」

「邪悪な心を打ち砕く！」

ふたりとも、我を忘れて声を張り上げていた。

「この状況を、なんとかして〜っ！」

ブラックとホワイトはギュ〜ッと手を握り合う。

同時に多発した2色のエネルギーは、凄まじい光となって天に向かっていく。

「プリキュア・マーブル・スクリュー！」

充分にためこんだエネルギーが、それぞれの手のひらから放電するようにほとばしっていく。それを逃さずつかみ取るように、力一杯拳を握ってさらにエネルギーをためこみ——ふたりの気合とともにブラックの右手、ホワイトの左手が勢いよく突き出される。

「マックス————!!」

ドーン！　と、凄い光の塊が同時に、あちこちから発射される。

光、光、光————一斉に発生した無数の柱は、天でひとつになり、竜のようにうごめいて空に高く高く昇る。それは非常に力強く、巨大で、目が焼かれそうなほどまぶしい。

しかし空は無限に広がっている。この力が拡散されず、爆発を起こすことなどできるのだろうか。

それを見ていたビブリスたちも、手を天に突き出した。

「プリキュアに協力するわけじゃないけど……！」

「今はこうするしかないようだ！」

彼らから放たれる闇の力も、空に舞い上がり無茶苦茶に暴れまくる。

無数の光と闇の力があちこちでぶつかり合い、弾け合い、さらに増幅し合い、まるで限界まで膨らんだ風船にさらに空気を押し込むように、空間そのものを内側から突き破ってしまいそうな勢いだ。

すべてのプリキュアたちはさらに力を込めた。

ビリビリビリビリッ!!

ゴロゴロゴロゴロゴロゴロッ!!

光の力と闇の力があちこちでぶつかり合い、そのために一層のエネルギーを生みながら物凄い音を立てる。

天変地異とはこういうことをいうのかもしれないと思えるような、とんでもない騒ぎだ。木々や建物は吹っ飛び、視界に入ってくるのは光と闇が交互に織りなす激しい閃光だ。そのうちに、激しい雨が降り始める。それは水の雨ではなく、火花の雨だった。そいたるところで爆発しあった光と闇の力はもんどりうって、無数のスパークとなってひかりを閉じ込める檻をたたきだした。

「！」

檻は壊れ、ひかりはそこから転がり出た。

「ひかり、変身するポポ！」

ひかりはうなずく。そして不思議な力に支えられ、空中にいながら変身する。

「ルミナス！　シャイニングストリーム！」

凄まじい量の光と闇の中、さらに強烈な光がひかりから放たれる。それは地上にいる、数えきれないみんなの顔をまぶしく照らした。

「輝く生命《いのち》！　シャイニールミナス！」

ひかりはバルデスの傍らで、シャイニールミナスへと変身した。

「光の心と光の意志、すべてをひとつにするために……っ！」

ルミナスは空中で、バルデスの手を取った。バルデスの両手を、自分の両手で強く握りしめる。まるでブラックとホワイトが変身する時のように。

「シャイニールミナス……!?」

バルデスはとまどったように、一瞬手を引こうとする。しかしルミナスは放さない。決意のこもった目でバルデスを見上げる。

「放しません！　絶対に！」

バルデスの体から、すべてを覆い尽くすような闇が流出する。ルミナスからも、またすべてを照らすような光が現れる。

それが、つないだ手からひとつに混ざり合い――

バルデスから立ち上る闇がジャアクキングの形を取り、ルミナスの周りの光がクイーンの姿となる。

けれどブラックとホワイトは、それを目にすることはなかった。

光と闇の、あまりにも激しい点滅、スパークの中、みんなが限界を超えたパワーを放出し続けるのに必死で、何も見えない。

クイーンは、ルミナスがバルデスにしたように、ジャアクキングの手を取る。そして……

ドッカ――――ン!!

耳には聞こえないくらいの大きな爆発音が、すべてを呑み込んだ。

★

宇宙の始まりのその前まで……

宇宙の果てのその外側まで……

すべてが一瞬歪んで、そして震えた。

エピローグ

口の中が熱くて、なぎさはハフハフと息を吐いた。

熱さが通り過ぎると、とろりとした生地と嚙み応えのあるタコが絶妙なコンビネーションを奏でる。

「んーっ、うまっ！」

なぎさはおいしいものを食べている時の、最高の笑顔で言った。

隣に座っているほのかとひかりも、それを見て笑みがこぼれる。

「なぎさ、青のりついてるわよ？」

「え、どこどこ？」

ほのかが唇の右のあたりを指し示す。なぎさは手の甲でそこを拭った。

「あ、こっちにはソースが……」

ひかりが言って、なぎさのほっぺたを指さした。なぎさはさすがに恥ずかしそうな顔をして、ほっぺたも同じように拭った。

「えへへ……」

恥ずかしさをごまかすように笑いつつ、なぎさは次のたこ焼きに手を伸ばす。

ここは、タコカフェのテーブル席。

なぎさはラクロスの後、ほのかは科学部の後に落ち合って訪れた。

ひかりはアカネのお手伝いをしていたけれど、今は客足が途絶えたので、ふたりと一緒に休憩している。

空は晴れていて、時々心地よい初夏の風が吹く。

犬を連れた人が歩いたり、子どもたちが追いかけっこをしたりして、３人の近くを通り過ぎていく。

もう何度も見た、いつもの風景だった。

なぎさはふと思いついたように、お皿にのったたこ焼きの数を数え始める。

「いち、にい、さん、いち、にい、さん……」

残りのたこ焼きは、間違いなくあと3個だ。

「ああー、やっぱ増えないか」

なぎさは残念そうに肩を落とした。

「もう1回くらい、増えてくれてもいいんだけど……」

「なぎさったら。あんなこと、二度とこりごりよ」

「そりゃあそうだけどー」

なぎさはなおも若干の期待を込めてたこ焼きを見つめる。

――あれから何が起こったのか、なぎさたちにもわからなかった。

大爆発が起こって、なぎさたちは意識を失った。

そして目が覚めたら、慣れ親しんだ自分のベッドの中にいて、世界はいつも通りの日常を送っていた。

もちろん部屋中に散乱した岳のアウトドアグッズや亮太の漫画も、迷路みたいになった道も、空に浮かぶ巨大な青い惑星もない。

ベッドで目覚めて、朝ごはんを食べて、学校に行く。そんなありふれた毎日に戻っていた。

ひかりとバルデスの力が合わさり混じって、光と闇がバランスを取り戻し、混沌を遠ざけたのか。あるいは、みんなで起こした大爆発のショックによって、混沌の現象が霧散してしまったのか。

正しい理由は誰にもわからない。わかるのはいつだって、その結果現れ出たもの。日常を取り戻したという事実だけだった。

「やっぱりなぎさの食いしん坊は筋金入りメポ」

「ふーん。なら食いしん坊じゃないメップルには、もうごはんのお世話しなくていいよね？」

「そ、それとこれとは話が違うメポ！」

メップルが焦る。メップルだってお世話カードのオムプに、結構がっつりしたものを作ってもらっているのだ。

ふと、ひかりが驚いて息をのんだ。

その気配を感じて、なぎさとほのかもひかりの視線の先を追う。

テーブルの上に、たこ焼きがあった。さっきまでなかったはずの、たこ焼きが。

「え……⁉」

「増えた⁉」

3人はぞくりとして顔を見合わせる。

まさか、まだ終わってない……⁉　緊張感が駆け抜けた。

またあの悪夢を繰り返すのかと、悪寒が走る。

するとひかりの背後で、男性の声がした。

「差し入れ。学校お疲れさま」

振り向くと、そこにはスーツ姿の中尾が立っている。

「な、中尾さん。あ、じゃあこれ……中尾さんが……？」

ひかりが尋ねると、中尾はその表情に疑問を抱いた様子で答えた。

「うん、そうだけど。迷惑だった？」

一気に緊張感が解け、3人は体の力を抜いた。まるで1年分の疲労感がどっと背中に乗っかってきたみたいだ。

「いいえ、違うんです。ありがとうございます」

ひかりは困惑顔の中尾に言った。

その時、広場の向こうから中尾と同じくスーツを着た小柄な女性が走ってくる。

「中尾せんぱーい！」

「野田！　どうしたんだ？」

野田は息を荒くして、中尾の前にやってきた。

「やっぱり、ここにいたんですね」

隣のテーブルを拭いていたアカネも、野田を見て近づいてくる。

「野田ちゃん。久しぶり！　また来てくれたんだ」

「あっ、藤田先輩。こんにちは」

野田はアカネに軽く頭を下げる。そして中尾に向き直って言った。

「あの！　プロジェクトの除名処分が取り消しになりました！」

それを聞いて中尾は、ぱっと顔を明るくした。

「本当か⁉」

野田は力強くうなずく。

「そうか……よかったな！」

話の流れがわからないアカネは、中尾と野田に問う。

「なになに、なんかあったの？」

中尾がそれに答えた。

「実は……少し前から、倉庫にある現物の数と納品書の数字が合わない問題が発生していて。その問題への部長の対応が気にくわないって、こいつはっきり文句言ったんですよ。そしたら、プロジェクトをはずされて。ほんと、向こうみずっていうか……」

「なんですか、それを言うなら中尾先輩だって部長にあんなこと言って……あれ？」

野田は何かに引っかかったように、言葉を途切れさせた。

「あんなこと？　僕、何か言ったっけ？」

「それで会社もさすがに認めざるを得なくなって……あれ？　そんな気がしたんですけど……気のせいかな」

野田は自分でも釈然としない表情で言った。

その横で、なぎさたち3人は密かに目を合わせる。

日常に戻ってわかったこと。みんな、街中にものが増え溢れかえっていたことは忘れている。そしてそれに関係する記憶は、どれもあやふやになっているらしかった。

「へえー、野田ちゃんやるねえ。それで、その問題はもう解決したの？」

アカネが聞くと、中尾は苦笑いして言った。

「それが……もう一度確認をしたら、やっぱり納品書通りの数だったみたいなんです。なんかひどい勘違いがあったみたいで」

「私も何度も確認したんですけど、おかしな話ですよね」

「とにかく会社の指示通り返品しなくてよかった。もっと面倒くさいことになってたよ」

「ふうん。そんなこともあるもんなんだねえ」

アカネは不思議そうに相槌を打った。

「まあ、でもプロジェクトに復帰できてよかったよ。部長も頭が冷えたのかな」

中尾の言葉に、野田は笑顔を見せた。

「これからもよろしくお願いします！　先輩」

「こちらこそ、よろしく」

そんなふたりを見て、アカネは言った。

「そうだ、今日こそはたこ焼き食べていきなよ。やっぱ焼きたてが一番だからさ。お祝いにごちそうするよ」

「いいんですか⁉　嬉しいなーっ！」

野田は単純に喜び、中尾は悪いなあとつぶやきつつ、なぎさたちから離れ、他のテーブル席に腰を下ろした。

中尾たちが行ってしまうと、少しの沈黙が訪れる。

中尾がくれたたこ焼きを、ひかりとほのかも食べる。食欲をそそるソースのいい匂いがテーブルの周りに立ち込めた。

なぎさは、ふいに思い出したように言った。

「そういえばさ、その話はまた今度って言ってたのって、なんだったの？」

話を振られたほのかは、なんのことだかわからずに首を傾げた。

「ほら、街が大変なことになってた時。そう言ってたじゃない」

「ああ！」

ほのかは思い出す。

ブレキストン博士と謎の空間で出会い、話をした後、鋭くほのかの異変に気づいたなぎさに対してそう返したのだった。

もっとも、あれが夢だったのか現実だったのか、今思うとはっきりしないけれど。

「……好きな人に、会ったんだ」

ぽつりと呟いたほのかの言葉に、なぎさは悲鳴に近いような声を出した。

「えええええ⁉　好きな人⁉　ほのか、好きな人いたの⁉」

「す、好きな人っていうか、憧れの人かな」

「だれだれだれだれ⁉」

「ええと……言ったらあきれられちゃいそう……」

物凄い勢いで詰め寄るなぎさの視線が痛い。ほのかは思わず目をそらした。

「あきれたりしないから！　教えてよー！」

なぎさはほのかの両肩をつかんで揺さぶる。

こんなテンションでこられると、なんだかブレキストン博士だとは答えられない感じだ。

「そ、そのうち……ね」

ほのかは困って言った。

なぎさはええー!? と不満タラタラな声を上げる。

「もしかして、ひかりも!? ひかりも好きな人とかいるの!?」

なぎさはぐいいっと顔をひかりに近づけて問い詰める。

ひかりはそのテンションに若干とまどいつつ、口を開いた。

「私が好きなのは……なぎささんとほのかさん。それに——私自身です」

なぎさは予想外の回答に、虚をつかれた。

目を大きくして、ぱちくり瞬きする。それは隣のほのかもおなじだ。

ひかりは決まり悪そうに、頬を染めて下を向いた。

「それに気づかせてくれたのは、おふたりなんですけど……」

「ポルンを忘れちゃダメポポ！」

そこにコミューンから元の姿となったポルンが、ひかりの膝の上に現れる。

「ふふ。忘れてないよ。一番はポルンね」

「ポポ！ 一番好きなのはポルンポポ！」

ひかりがポルンの頭を撫でると、ポルンは飛び跳ねて喜んだ。

ひかりは少し恥ずかしそうな表情のまま、なぎさとほのかのほうを向く。

「……やっぱり、変でしたか？　自分が好き、なんて」

なぎさははっとして、大きく首を左右に振った。

「ううん！　全然そんなことない！」

「ひかりさんがそう言ってくれて、私、とっても嬉しいわ」

ひかりは、よかった、と言うように微笑み返す。なぎさとほのかは、それをこのうえなく温かな顔で見つめた。

「よし！　私も私を好きになるぞ！　大好きな私のために、なぎさスペシャル作ってもらっちゃおっと！」

「それはちょっと、違う気がするけど……」

「ふふふ……」

なぎさはふたりを残して、なぎさスペシャルを買いに席を立つのだった。

小説 ふたりはプリキュア マックスハート　新装版

原作
東堂いづみ

著者
井上亜樹子

イラスト
稲上 晃

協力
金子博亘

デザイン
装幀・東妻詩織（primary inc.,）
本文・出口竜也（有限会社 竜プロ）

井上亜樹子 | Akiko Inoue

東京都出身。9月19日生まれ。
鐘弘亜樹名義で『魔法つかいプリキュア！』（テレビ朝日系列）の脚本を担当、『小説 ふたりはプリキュア』（講談社キャラクター文庫）を執筆。

講談社キャラクター文庫 027

小説《しょうせつ》 ふたりはプリキュア マックスハート 新装版《しんそうばん》

2023年2月8日 第1刷発行

KODANSHA

著者	井上亜樹子《いのうえあきこ》 ©Akiko Inoue
原作	東堂《とうどう》いづみ ©ABC-A・東映アニメーション
発行者	鈴木章一
発行所	株式会社 講談社
	〒112-8001 東京都文京区音羽 2-12-21
電話	出版（03）5395-3489 販売（03）5395-3625
	業務（03）5395-3603
本文データ制作	講談社デジタル製作
印刷	大日本印刷株式会社
製本	大日本印刷株式会社

ISBN978-4-06-530779-3 N.D.C.913 270p 15cm
定価はカバーに表示してあります。Printed in Japan